悪徳領主ルドルフの華麗なる日常

増田匠見
イラスト・さかもと侑

The great days of the vice lord RUDOLF Takumi Masuda Illustration/ Yu Sakan

oto

悪徳領主ルドルフの華麗なる日常

目次

第3章 ―

別　章 ―

The great days of the vice lord RUDOLF

第1章

The great days of
the vice lord RUDOLF

悪徳領主の視察

すでに高く昇り切った太陽の光を感じ、優しい微睡《まどろみ》から徐々に覚醒していく。

「んん〜〜」

よく寝た。

いや、よく寝過ぎたせいか、やや頭が重たくボーっとする。

これ以上眠る事は出来ないが、かといってすぐに起きる気分でもない。

しばらく柔らかいベッドの感触を堪能した後に、ようやく起きる気になりベッドの脇に置いてある呼び鈴を鳴らす。

チリンチリン
軽い音が響き、程なくしてノックの音が聞こえてきた。

「入れ」

そう短く呟くと、ドアが開き、数人の侍女が静かに入室してくる。

私がベッドから降りると水桶が差し出されるので、それを使って顔を洗い、ついでに口もすすぐ。

「ルドルフ様、今日のお召し物です」

まだいくらか鈍い頭をそのままにして、侍女にされるがままに身支度を整えていく。

侍女の一人に寝巻を脱がせてもらい、新しい服を着せてもらう。

もう一人には、寝癖の付いた髪を梳かして形を整えてもらう。

そうして一通りの作業が終わる頃には、鏡の向こうに一人の貴族の姿が見えた。

年の頃は二〇代半ば、髪は黒く特にまとめるでもなく自然に流し、顔立ちはやや幼さが残るものの、紫色の瞳は鋭く刃物の様な印象を受ける。

男の名はルドルフ＝ファーゼスト。栄えある王国貴族の一員で、この辺境ファーゼスト領を治める若き領主だ。

私は鏡に映る姿を一通りチェックすると、汚れ物を片付ける侍女を部屋に残し、食堂へと足を運んだ。

暖かくなってきた空気を感じながら、長い廊下の果てにある扉を開き、一〇人は座れそうな長机の一番奥に腰掛ける。

席に着く頃には眠気もなくなり、ようやく一日が始まりを告げる。

コンコンコン
「失礼致します」

席に着くとそれほど間を置かずにノックの音が聞こえ、一人の老人が姿を見せた。

スーツを身に纏い、白い髪を香油で固め、背筋を伸ばしたその姿は年齢を一切感じさせない。

老人の名はヨーゼフ、先代からファーゼスト家に仕える我が家の家令である。

ヨーゼフはいつもの様にカートを引き、今日の昼食を配膳していく。

葉野菜のサラダにベーコンエッグ、トーストが二枚にトウモロコシのスープ。

出来たてのそれらをゆっくりと味わいつつ、ヨーゼフの話に耳を傾ける。

「本日のご予定は領内の視察と伺っておりますが、夕方からはウィリアム卿との面会がございます。それまでにはお戻り下さいませ」

視察はともかくウィリアムからは例の手紙の件か、まったく忌々しい事だ。

「ウィリアムへは契約書を準備しておけ。それから、これを食べたら視察に向かう、馬車を用意しておけ」

「かしこまりました」

一礼して退出する家令の姿を見届け、食事を再開する。

口の中に運んだサラダからは、特有の苦みを感じ、それを押し流すようにしてスープを飲み干した。


ガタゴトと馬車に揺られる事小一時間、ようやく目的の村が見えてきた。

窓から見える景色はひどく殺風景で、どこか静かだ。

それもそのはず、ファーゼスト領は魔の領域に囲まれた辺境の地。

魔の領域では、大地も動物も植物も色濃い魔に侵され、狂った生態系から生まれた魔物や魔草がひしめき蠢いている。

中には、厳しい環境を長年生き抜いた強力な魔獣が存在する事もある。

そんな環境がすぐ隣にある影響か、ファーゼスト領の土は痩せ、大地の実りを享受する事の難しい土地となっている。

必然、そこに住む人々は豊かな生活を送れるはずもなく、非常に厳しい生活を余儀なくされていた。

そんな村に貴族の目を楽しませるような建物や風景があるはずもなく、目の前にはくたびれた民家と、僅かな畑、そして広大な荒れ地が広がるばかりだった。

ふと、窓の外を流れる景色が止まる。

どうやら、目的地に着いたようだ。

「ルドルフ様、到着いたしました」

御者が恭しくドアを開き、私は馬車から下りて辺りを見渡した。

いつも見慣れた寒村の風景。

その景色の端に、物凄い勢いで近付いてくる何者かの姿が映る。

おそらく私の馬車を見て、慌てて駆けつけた村長だろう。

「これはルドルフ様、今日は急にどうなされたので……ふごぁっ」

そんな村長の挨拶を、蹴飛ばす事で無理矢理途切れさせる。

「頭が高い！」

平民の分際で貴族である私と目線を合わせるとは何様のつもりだろうか。

あまりにムカついたので、もう二、三発ほど蹴りをくれてやり、多少溜飲を下げる。

まぁいい、こんな愚図に私の貴重な時間をこれ以上くれてやるのも癪だ、視察を始めよう。

「さっさと立て、私の時間をどれだけ無駄にするつもりだ」

「は、はい申し訳ございませ……ふごぁっ」

最後にもう一度村長の尻を蹴飛ばし、ようやく村の案内をさせ始める。


視察とは言ってもファーゼスト領に点在する村々の規模はそう大きくはなく、だいたい数百人規模。

この村も例にもれず、視察はそれほど時間をかけずに終わってしまう。

というよりも見る物自体がそれほど多くない。

痩せた土地から取れる作物はそう多くはなく、目立った特産品があるわけでもない。

では一体『何を』視察に来たのか……

ふと、一人の村娘の姿が目に留まった。

まだ幼いと言っていい年齢の子供が、母親と一緒に一生懸命井戸から水を汲み上げている。

「村長、あの娘は何歳だ？」

「……は？」

「さっさと答えろ、また蹴られたいのか？」

「……一緒にいるのはハンナですな。その娘であれば確か、八歳になったばかりかと」

ふむ、ちょうどいい年頃か。

それによく見ればそれなりに容姿は整っており、器量は悪くないな。

「そこの女！　ハンナと言ったか。お前の娘を私の家で預かる事にした」

そう言って近付くが、母娘は呆然とこちらを見て立ち尽くしていた。

この私が話しかけているにも拘わらず無視をするとは、何と無礼な!!

バシン！

頬を張り飛ばし、女はその勢いで地面に崩れ落ちる。

「返事はどうした!?」

「ル、ルドルフ様!?………え？………あの、私の娘が…………一体どういう事でしょうか？」

女は、一体何が起きたのか分からないといった様子でこちらを見上げてきた。

くっ、これだから愚民は嫌いなんだ。

「もう一度だけ言うぞ。よく聞け、貴様の娘を我がファーゼスト家で召し抱える、光栄に思え」

「ル、ルドルフ様……それはつまり………」

ようやく私の言葉が理解できたようだ。

「返事は!?」

「……はい…………娘を、アンナを宜しくお願い致します」

ハンナは絞り出すように言って、深く頭を下げた。

下げた時に、地面が数滴の水で濡れたような気がするが、きっと私の気のせいだろう。

「フンッ、では明日から来させろ。……村長、視察は以上だ！」

そう言って視察を切り上げる。

もともと村そのものには見るものが無いが、そこに住む人間は違う。

奴らは気が付くと数を増やしていくので、それを管理するのも貴族たる私の役目というもの。

我がファーゼスト領は私の物、必然そこに住む領民は私の物であり、それをどうしようと私の勝手であろう。

アンナと言ったか？　ククク、あ奴は一体どうしてくれようか……

屋敷に戻る馬車の中には、静かな笑い声が漏れていた。

悪徳領主の金利

《親愛なる　ルドルフ＝ファーゼストへ》
まもなく大地の実りの収穫が始まろうかという忙しい時期に、このような手紙を送る非礼をどうか許して欲しい。
お互いが、学園を卒業してからどれだけの年月が経っただろうか？
ルドルフとの学園での日々は今も色褪せず、君の毒舌や、ルークの法螺話が聞けないのが、残念でしょうがない――

コンコンコン
ノックの音に続いて、家令のヨーゼフから声がかけられる。

「ルドルフ様、ウィリアム様がご到着致しました」

これから行われる会談に向けて、もう一度手紙の確認をしていたら、思った以上に時間が経っていたようだ。

ふむ、ヨーゼフが来たという事は、準備が整ったという事だろう。

「食堂へ通せ」

そう言って私も食堂へ向かう。

先程の手紙の差出人はウィリアムと言って、私の学生時代の同級生である。

彼はその当時から頭角を現しており、学業においても、武術においても並々ならぬ才能を発揮し、なんと学園を首席で卒業。

その上、学園一の美姫と謳われたバンガード家の令嬢の心を見事射止め、今ではバンガードの地を治める立派な王国貴族の一員となった男である。

王国貴族が遠路はるばるやってきたのであれば、もてなしの一つもしなくては貴族の沽券に関わるというもの。

食堂に到着し、自分の席で来賓を迎える準備が整った頃合いで、扉の向こうからノックの音が聞こえてきた。

「ウィリアム様をご案内致しました」

ヨーゼフの声に続いて扉が開かれ、その陰から一人の美丈夫が姿を現す。

金髪碧眼に精悍な顔立ち。

鍛え抜かれた体軀は鋼のようであり、歴戦の勇士を彷彿とさせる容相。

バンガードの地を任された領主だというのに、その身体には一切の無駄な肉がなく、いまだに現役の戦士であるようだ。

それでいて、どこか大きなものに包まれているような温かさを感じさせる、人を惹き付ける『何か』を持った男であった。

「やぁ、ルドルフ久しぶりだね」

だが、私の記憶にある面影と比べると、今のウィリアムはいささか憔悴しているように見える。

「相変わらず暑苦しい体だな。貴様には多少窮屈かもしれんが、とにかく座れ。移動で疲れただろう、まずは英気を養え」

「君も相変わらずだね。ここはお言葉に甘えさせてもらうとするよ」

お互いが席に座ると、静かに現れたメイドがグラスにワインを注いでいく。

「旧友との再会に、乾杯！」

「乾杯！」

お互いにワインの入ったグラスを傾け、会食は始まった。

我が家の自慢の料理が余程気に入ったのか、ウィリアムは次々に出される皿を平らげていく。

その様子に少し呆れながら、私も自分の食事に手を付ける。

私が感じていた通りウィリアムは相当憔悴していたようで、食事を取る事で活力を取り戻し、次第に眼に力が宿り、昔の面影を取り戻しつつあった。

彼が何故ここまで憔悴し、わざわざ辺境と呼ばれるファーゼストにまでやってきたのか……

さっきまで読んでいた手紙の続きはこうだ。


――さて、耳の早い君の事だ、バンガードで起こった事件の事はもう知っているだろう。

そう、迷宮が暴走してしまった。

溢れた魔物によって街は壊滅状態、何とか鎮静化に成功はしたものの、復興には莫大な時間と資金が必要だ。

……ここまで書けば俺が何を言いたいか、もう分かるだろう。

どうか、バンガードを復興するための資金を貸してもらえないだろうか？

金額が金額なだけに君以外に頼れる者がいない。

高名なファーゼスト家の力で、バンガードとその地に生きる人々を救ってもらえないだろうか。

頼む、どうか力を貸して欲しい――


迷宮都市バンガード。

迷宮と呼ばれる洞窟の中からは、無尽蔵と言っていい程の資源が採れる。

出現する魔物からは肉や素材が取れ、鉱物や貴重な薬草、はたまた魔力の籠もった魔道具なんて物まで出土する事があり、うまく管理をすれば莫大な財貨を生み出し続ける、金の卵を産む鶏だ。

勿論それ相応のリスクはある。

魔物が跋扈する迷宮からそれらを取ってくるのは文字通り命懸けとなるし、迷宮が力を付け過ぎれば魔物を大量に吐き出す厄介な代物と化す。

そしてウィリアムは迷宮都市の管理に失敗し、都市を魔物で溢れさせてしまった。

何とか鎮静化する事は出来たものの、その復興には莫大な金がかかり、自前ではどうしようもなくなり、我がファーゼスト家を頼ってきたのだ。

「なぁ、ルドルフ。どうか君の力を貸してもらえないだろうか？」

食事が一通り終わる頃、ウィリアムがおもむろに切り出した。

「手紙の件だな。貴様の言う通り、金貨一万枚もの金額を貸せるのは私ぐらいのものだな……」

金貨一枚が、平民の一般的な年収だと言えば、一体それがどれだけの価値になるか想像ができるだろうか？

確かに、それだけの金をポンと用意できるのは、私ぐらいのものだろう。

「……いいだろう、貸してやる」

「ルドルフ！」

ウィリアムが思わず顔を上げるが、私はそこにこう付け加えてやる。

「但し、返す時は五万枚にして返せ」

――その瞬間、静寂が訪れた。

「…………なっ」

驚くのも無理はない。何故なら、あらかじめ貰っていた書状には、利息は二割と書かれていたからだ。

それが利息四〇割……実に二〇倍。

というより、利息に二割というのが舐めているとしか思えない。

金貨を一万枚も借りておきながら、二千枚しか利息を払わないなど、金貸しをなんだと思っているのだろうか。

「ルドルフ、君は正気か!?」

は？　正気を問いたいのは私の方だ。

やれやれ、この男はまだ自分の立場を分かってないとみえる。

「別に私は貸さなくてもいいのだ。この条件が飲めないのなら他を当たりたまえ」

「……お前という奴は………本当にお前という奴は………」

……ここまで言えばさすがに分かるだろうが、私はこの男が大嫌いだ。学園での生活もこいつのせいで碌な目に遭っていない。

剣術の試合ではこいつにボコボコにされ、野外実習では泥まみれにされ、こいつの巻き起こす様々なトラブルに巻き込まれ、本当に散々な目に遭った。

おまけに、この男は純粋な貴族ではない。

元はどこかの貴族の落し胤《だね》らしいが、半分は下賤の血が流れており、父親の認知もないので、ただの平民と言ってしまって問題のない出自だ。

こうして私と対等に口を利けているのも、奴が玉の輿に乗り、名実ともに貴族の仲間になったからに他ならない。

「………………してくれ」

絞り出すような声が聞こえた。

「んん？　よく聞こえなかったのだが、もう一度はっきりと言ってもらえるかな？」

「……その条件で貸してくれ」

うつむき、全身を震わせながらウィリアムはそう呟いた。

その言葉に対し、私は満面の笑みで答える。

「君ならそう言うと思っていた。ヨーゼフ、契約書を持ってきたまえ」

そう言うと、すぐさま二枚の書類が用意される。

未だに顔を上げないウィリアムに、私はそっと近付きペンと契約書を差し出した。

ウィリアムは無言でそれを受け取り、ペンを走らせていく。

その際、契約書の所々に水滴の跡が付いたが、まぁ契約には全く関係の無い事だ。

……ああそうだ、首輪はしっかりと付けておかなくては。

「ヨーゼフ、そういえば最近手の空いた者が数人いたな？　金貨一万枚もの大金の運用だ、我が家の者も数人付ける。……なぁウィリアム、これからはお互いに力を合わせてバンガードを復興しようじゃないか」

クックックッ、こうしておけば金貨の持ち逃げは出来ないし、復興後のバンガードの利権にも食い込める。

「……くっ」

――クシャ
サインをする手に余計な力が入ったのか、ウィリアムの手元の書類が、音を立ててシワを作る。

そうしてようやく出来上がった酷く不格好な契約書は、一部はウィリアムが、もう一部は私が保管をする。

「ヨーゼフ、ウィリアムはお疲れだ。彼は明日からも大変なのだから、今日はゆっくり休んでもらえ」

「かしこまりました。それではウィリアム様、お部屋にご案内致します」

呆然とするウィリアムが家令に案内されて去っていくのを眺めると、私は自分の席に座りワインを一口飲んだ。

「……クックックッ、フハハハハ、アーハッハッハッハ！」

誰もいなくなった食堂で、堪えきれずに吹き出した。

クハハハハ、見たか？　あいつのあの顔を。

あんなに真っ赤にして、あんなにプルプル震えて……

傑作だ！

こんなに笑ったのは一体いつ以来だろうか。

学生の時から散々煮え湯を飲まされたが、こんなに笑わせてくれるなら、それも多少は許してやろうという気になる。

それに、何もしなくても金貨四万枚もの利益だ。

これだけでも笑いが止まらない。

奴は復興のための資金が得られ、私は利益が得られるという、お互いに得のある素晴らしい契約だ。

奴も文句はあるまい。

別に一括で返せと言っているのではない。

金貨の五万枚ぐらい、迷宮という金の卵を産む鶏を飼っているのだから、二、三〇年もすれば返済できるだろう。

………もっとも、二、三〇年もの間、借金だらけの生活を送るなんぞ、私ならば絶対にごめんこうむるがな。

「フハハハハ、アーハッハッハッハ!!」

しばらくは旨いワインが飲めそうだ。

悪徳領主の商品

夕暮れ時、私は家令のヨーゼフに案内され、蠟燭に照らされた薄暗い廊下を進み、一つの扉の前までやって来た。

ここは私の屋敷の応接室。

いくつかあるそれらの中でも、貴人に対応するために造られた最上級の部屋だ。

そして今、この扉の先にはこの部屋で迎えるにふさわしい人物が待ち受けている。

コンコンコン
ヨーゼフがノックをして静かに扉を開ける。

それを待ってから、私は部屋の中へと足を踏み入れた。

魔道具の灯りによって照らされた部屋の中はまるで昼間のようで、中にいた二人の人物の顔もはっきりと見える。

私は二人の前まで進むと優雅に一礼をする。

「お待たせ致しました。お久しぶりですジョシュア閣下、ご健勝でなによりです」

そう述べてから顔を上げると、皺が深く刻まれた顔が目に入る。

この人こそが王国の政治を一手に引き受ける宰相、ジョシュア＝カンパク＝トヨトミだ。

長く伸ばした髪と髭は白く、老人と言っていい程の年齢だというのに、その身から感じられる迫力はそこらの貴族の比ではない。

老いて益々盛んとはこの事か。

「ルド坊も立派になって、見違えるようじゃ。いや、今は名実ともにファーゼスト領の領主、もうルド坊ではなくファーゼスト辺境伯と呼ばねばならぬな」

「閣下にそのようにおっしゃって頂き、大変光栄でございます」

「くくく、堅苦しいのは昔から変わらんか。……はぁ、昔はあんなに可愛かったのにどうしてこんな風に育ってしまった事やら」

「か、閣下その話は………その、それよりそろそろ、そちらの方をご紹介頂けませんか？」

ややあからさまにではあるが話題を変える。

幼少の頃を知られているからか、この人は苦手だ。

「おお、そうじゃった。今日はお主に紹介したい人物がいての。こちらはシュピーゲル家の次男で、名をライアンと申す」

そう言ってジョシュア閣下が、隣の男を紹介する。

年の頃は私と同じぐらいか少し上ぐらいだろうか。

短く刈りあげられた髪に、彫りが深く無骨な顔立ちをしており、鍛えられた身体と相まって非常に男らしい印象を受ける。

「ご紹介に与りましたシュピーゲル家の次男、ライアンと申します。この度は、名高いルドルフ辺境伯にお会いでき大変光栄に存じます」

「ほう、武勇の誉れ高いシュピーゲル家の者にそう言って貰えるとは、私も鼻が高い。ルドルフ＝ファーゼストと申します、以後よしなに」

ライアン殿の礼に対し、私も礼をもって返す。

シュピーゲル家と言えば、ファーゼスト領同様に魔の領域に接する領地を治める家で、魔物たちとの闘争が日常であるため、武名が王国中に轟いている名家だ。

そんな名家の次男が、わざわざジョシュア閣下の仲介を経てまで、ファーゼスト家に一体どのような用であろうか。

「さてルド坊……じゃなかったのぉ、ゴホン。ファーゼスト辺境伯、まだ内々の話ではあるが、今度新しい貴族の家が興るのを知っておるか？」

「いいえ、存じ上げません」

「正確には、新興というわけではなく、一つの家からもう一つの家が独立し、新たな家名を賜るという話なのじゃが」

「それでも、貴族の家が興るという事はそういう事なのでしょう。大変喜ばしい事ではありませんか閣下、心よりお祝い申し上げます」

我が王国に限らず、人類の生存圏はそこまで広大というわけではない。

何千、何万年もの昔、神々や神秘の類いがまだ身近に存在した神代の時代に、神と魔との争いが起こり、その結果大地は、人の住める土地と魔の力が色濃く残った魔の領域とに分かれてしまったと言われている。

そして、貴族家が新興するという事は、魔の領域を切り開き、新しくできた領地を治める家が出来たという事に他ならない。

成る程、辺境のシュピーゲル家の次男がここに来ており、そこに、先程のジョシュア閣下の言葉を合わせて考えるならば、つまり……

「つまり、ライアン殿が……」

「はい、辺境伯のご推察通りです。建国の英雄の一人から名を頂き、スズキの姓を名乗る事を許されました」

「ライアン殿、スズキ家の誕生を改めてお祝い申し上げます」

「ははは、ルドルフ辺境伯からそう言われると、こそばゆいですな」

同じ辺境に住む者として、魔の領域を切り開く事がいかに困難かは分かるつもりだ。

それを成し遂げたシュピーゲル家は尊敬に値するし、それを引き継ぐこの男も相当な器量の持ち主なのだろう。

……ふむ、ジョシュア閣下がライアン殿を私に紹介した理由が分かった。

「閣下。つまり閣下は新興のスズキ家への力添えを私にして欲しいと、そういう事ですね」

「うむ、そういう事じゃ」

魔の領域の開拓の支援なんぞ大して金になるものではないが、閣下とシュピーゲル家に貸しが出来るのは大きい。

開拓そのものは、人類全体の悲願でもあるし、私自身が血と汗を流すのはごめんだが、他人がやってくれるというのならば、支援者として金を出すに吝《やぶさ》かではない。

「では閣下、ご入用はいかほどで？」

「ほほほ、本日は金の無心に来たのではないよ」

「……とおっしゃいますと？」

「坊の所の商品に用があってのう」

「閣下、ここからは私が……」

そう言ってライアン殿が説明を引き継ぐ。

その内容を要約すると、シュピーゲル家からの支援もあるので、ある程度の下地はあるのだが食料品や資材を始め様々な物が足りず、不足している物資や、人脈の支援をしてもらいたいとの事だ。

成る程、確かにこれはウチで扱っている商品だ。

「ライアン殿、この度の話、快くお受け致しましょう」

「おお、引き受けて頂けますか。ルドルフ辺境伯よ、感謝致します」

そう言って、お互いの手を固く握り交わした。

「それでは、さっそくライアン殿には商品を見定めて頂きましょうか……ヨーゼフ」

それだけで用件を察した我が家の家令は、一礼して静かに部屋を出ていく。

「……は？　この場で確認？　ルドルフ辺境伯、一体それはどういう………」

ん？　ライアン殿がどこか困惑しているように見えるが、気のせいか？

疑問はとりあえず置いておき、多少の時間を潰していると、やがてノックの音が聞こえた。

「お待たせ致しました」

そう言ってヨーゼフが商品を伴って部屋に入ってくる。

そして、それを見たライアン殿は絶句する。

「…………ルドルフ辺境伯？　これは一体、どういうおつもりで？」

「何をおっしゃっているのかいまいち分かりませんが、ご希望の商品ですよ？」

部屋にはヨーゼフの他に、見目麗しい三人の若いメイドの姿があった。

「…………………」

しばしの沈黙が応接室を支配する。

ふむ、やはりライアン殿とどこか行き違いがあったようだ。

食料品や資材に関しては、荒れ地ばかりのファーゼスト領に望むべくもない。

ならば、人以外に何を提供できるというのだろうか？

そもそも開拓したとはいえ、魔の領域に接した土地なんぞ、危険過ぎてしばらくはまともに開墾なんぞ出来ないだろう。

魔物に対処する必要があるため、必然的に男所帯となるし、荒くれ者も多くなる。

男が多く、更に荒くれ者ばかりとなれば、当然必要になってくるものがある。

そんな彼らの世話をする人間だ。

………つまりはそういう事だ。

「締めて金貨九〇〇枚……と言いたい所ですが、閣下のご紹介でもありますし、これから難事に立

ち向かうライアン殿の顔を立て、六〇〇枚でいかがでしょう？」

「なっ!?……ルドルフ辺境伯、こう言っては何だが、本気で言っているのか!?」

「本気も何も初めから商品と申しているではありませんか？　何ならどうです、ライアン殿の世話も任せてみては」

そう言うと、ライアン殿はメイドの一人に思わず視線を向けてしまう。

ニコリ
視線の合ったメイドに微笑まれ、顔を真っ赤にしている。

クックックッ。この男、意外と初《うぶ》のようだ。

「ほっほっほっ、ライアン殿も気に入られたようで何よりですな。どれ、支払いは私が持つとしよう。なに、これから困難に立ち向かう若者への祝儀じゃて、気にするでない」

今まで静かに場を見守っていたジョシュア閣下がそう締めくくる。

ライアン殿も、流石に王国の宰相の言葉は聞き入れざるをえないのか、素直に頷いた。

商談成立である。

私は大金を得て、宰相はスズキ家へ恩を売り、ライアン殿は得難い人材を得る。

誰もが得をするまさにＷＩＮ―ＷＩＮの契約だ。

もっとも、いくらでも生えてくる領民が元手で、それで金貨六〇〇枚もの儲けだ。

クックックッ、こんなぼろい商売は他にない。

全く、笑いが止まらないな。

「フフフフ、フハハハハハ」

「ほっほっほっ」

「…………」

三者三様の思惑を胸に、夜は更けていった。

なお、王国にて人身売買は基本的に禁止されている。

―王国法第9法―
神は人の上に人を造らず、人の下にも人を造らず。
人が人を売り買いする事は、神の御意志に反する事也。
よって、他者の人生を売買する事をここに固く禁ず。
――以下略
〈王国奴隷制度のガイドラインより抜粋〉

しかし貴族に非ずんば、人に非ず。

平民は人ではないので、売っても問題無いのだ。

クックックッ、フハハハハ、アーハッハッハッハ！

ルドルフとライアンの華麗なる一日

私の名はライアン。

シュピーゲル家の次男……いや、もうすぐライアン＝スズキ、スズキ家の当主となる男だ。

私は今、この降って湧いた当主任命に対して、当惑していた。

事の発端は数ヶ月ほど前に遡る。

それまで私は、領地を魔物から守ったり、はたまたこちらから魔の領域に攻め入ったりするなどして、魔物との闘争に明け暮れていた。

攻防は一進一退。

シュピーゲル家はもう何代にも亘って、魔の領域との攻防を繰り返している。

そんなある日、魔の領域で鬼《オーガ》の群れと戦っていた時に、部隊を分断されてしまい、危機に陥ってしまった。

もう駄目かと思ったその時、そう遠くない場所に敵の指揮個体が見え、破れかぶれで突撃を敢行した。

結果は見事成功。

リーダーを欠いた魔物はその瞬間から統率を失い、烏合の衆と化した。

後は各個撃破していくだけの、単純な作業である。

しかし、そこからが問題だった。

どうもその時倒した指揮個体が、近隣一帯のボスだったらしく、魔物達の勢力が一気に衰退した。

さらに今までその魔物が縄張りにしていた地域からは、驚くほどのスピードで魔が薄れていったのだ。

魔の領域を解放してしまった。

数百年もの間達成できなかった偉業が、思いがけず達成されてしまったのだ。

結果、私は解放した領地を治める任を賜る事になったのだった。

大変名誉な事ではあるが、正直なところ私には荷が重い話だ。

私には五つ年の離れた兄がいる。

病弱ではあるが、非常に聡明な自慢の兄だ。

聡明な兄は民を率いる立派な領主となるだろうが、病弱なため辺境の戦士を率いるには力不足。

私はそんな兄に代わり、彼らを率いてシュピーゲル家を支えるのが使命だと思い、幼少の頃より鍛錬を重ねてきた。

そんな私が戦士ではなく、民を率いらねばならぬ……

魔物との戦いなら百戦錬磨でも、ペンと書類との戦いは全くの素人であり、クチバシの黄色いひよっこにも劣る有り様だ。

兄から何人か文官を回して頂き、なんとか土地の開発を行うための準備を整えようとするも、不慣れなせいか、あっちこっちで不備が発生し、未だに食料も資材も満足に用意できていない状況である。

そんな折、宰相のジョシュア閣下よりお声がかかった。

足りない資材等の支援をしてもらえるよう、噂に名高いファーゼスト辺境伯をご紹介頂けるとの事だ。

ファーゼスト家は、貧しい土地柄ではあるものの豊富な資金を持ち、それを背景に様々な分野で王国に貢献する、多大な影響力を持った家だ。

そんな家の支援があれば、資材の調達程度なんとかなるだろう。

そんな期待を胸に、私はファーゼスト家の若き麒麟児、ルドルフ＝ファーゼストとの会談に臨むのだった。

あれから幾日かの時が過ぎ、私は今、ファーゼスト家の応接室にいる。

もう日が暮れようとしているのに、室内は貴重な魔道具の灯りに照らされて昼間のように明るく、用意されている調度品も最上級の品質の物が取り揃えられていた。

慣れない高級品の数々に囲まれ、居心地の悪さを感じながら待っていると、ようやくノックの音が聞こえ、入口から一人の男が部屋に入ってくるのが見えた。

「お待たせ致しました。お久しぶりですジョシュア閣下、ご健勝でなによりです」

洗練された一礼を披露するその男はまだ若く、顔にはどこか幼さを残していた。

若いとは聞いていたがこれほどとは、私と同じか……いや私よりもいくらか若いぐらいか。

「ルド坊も立派になって、見違えるようじゃ。いや、今は名実ともにファーゼスト領の領主、もうルド坊ではなくファーゼスト辺境伯と呼ばねばならぬな」

「閣下にそのようにおっしゃって頂き、大変光栄でございます」

国政を担う宰相閣下に対してこの堂々とした受け答え。

いくら旧知の仲とはいえ、並々ならぬ閣下の覇気を前にこのような対応が出来るとは。

若いとはいえ、麒麟児の名は伊達ではないようである。

「………それよりそろそろ、そちらの方をご紹介頂けませんか？」

「おお、そうじゃった。今日はお主に紹介したい人物がいての。こちらはシュピーゲル家の次男で、名をライアンと申す」

私が彼の様子に感心していると、不意にジョシュア閣下よりお声がかかった。

内心慌てつつも、椅子から立ち上がり、姿勢を正してから口を開く。

「ご紹介に与りましたシュピーゲル家の次男、ライアンと申します。この度は、名高いルドルフ辺境伯にお会いでき大変光栄に存じます」

「ほう、武勇の誉れ高いシュピーゲル家の者にそう言って貰えるとは、私も鼻が高い。ルドルフ＝ファーゼストと申します、以後よしなに」

戦う事しか能のない私に対し、このように武威を称えてくれるとは。

社交辞令とはいえ、やはり嬉しいものだ。

「さてルド坊……じゃなかったのぉ、ゴホン。ファーゼスト辺境伯、まだ内々の話ではあるが、今度新しい貴族の家が興るのを知っておるか？」

「いえ、存じ上げません」

「正確には、新興というわけではなく、一つの家からもう一つの家が独立し、新たな家名を賜るという話なのじゃが」

「それでも、貴族の家が興るという事はそういう事なのでしょう。大変喜ばしい事ではありませんか閣下、心よりお祝い申し上げます」

ルドルフ辺境伯は、一通りお祝いの言葉を述べると、しばし思案をした後こちらに視線を向けた。

「つまり、ライアン殿が……」

察しがいい。

これまでの多少のやり取りから、おおよその事情を察してくれたようだ。

こんな様子からも麒麟児の片鱗が窺える。

「はい、辺境伯のご推察通りです。建国の英雄の一人から名を頂き、スズキの姓を名乗る事を許されました」

「ライアン殿、スズキ家の誕生を改めてお祝い申し上げます」

「ははは、ルドルフ辺境伯からそう言われると、こそばゆいですな」

かの有名な辺境伯に認められたような気がして、心が浮ついてくる。

これから、彼からの協力を取り付けるための交渉をしなければならないのだが、大丈夫だろうか？……不安だ。

「閣下。つまり閣下は新興のスズキ家への力添えを私にして欲しいと、そういう事ですね」

「うむ、そういう事じゃ」

「では閣下、ご入用はいかほどで？」

「ほほほ、本日は金の無心に来たのではないよ」

「……とおっしゃいますと？」

「坊の所の商品に用があってのう」

……さて、ここまでお膳立てをしてもらえたならば、後は私の仕事だ。

「閣下、ここからは私が……」

そう言って、私はジョシュア閣下の言葉を引き継いだ。

ファーゼスト家は、その豊富な資金での金貸しを主な生業としているが、この家の強みはそれだけではない。

金を貸す。

それは、言葉を換えれば投資をしている事に他ならず、また様々な分野に手を出しているため、各方面へのパイプも太く影響力も強い。

この家が一声かけるだけで、開拓のために必要な物資はかなりの量が集まるはずだ。

私は慣れない言葉遣いで、四苦八苦しながら懇々とスズキ領の現状を伝えた。

その結果。

「ライアン殿、この度の話、快くお受け致しましょう」

なんと、ルドルフ辺境伯は二つ返事で、支援のお約束をして下さるではないか。

「おお、引き受けて頂けますか。ルドルフ辺境伯よ、感謝致します」

こちらからの見返りはそう多くはないというのに快諾してもらえるとは。

この方を紹介して下さったジョシュア閣下にも、感謝の念に堪えない。

これで、後顧の憂いは断たれた。

後は私の本分。鍛えた体と練り上げた技で魔物共をひたすら屠り、スズキ領を守っていくだけである。

私は、ルドルフ辺境伯と手を固く握り交わした。

「それでは、さっそくライアン殿には商品を見定めて頂きましょうか……ヨーゼフ」

だが、そこに水が差される。

「……は？　この場で確認？　ルドルフ辺境伯、一体それはどういう…………」

いや、意味が分からない。この場で一体何を見定める必要があるのだろうか？

届けられる食料の現物でも見せて下さるとでもいうのか？

……いや、そんなもの今ここで確認しなければならないものではない。

それとも、人脈の中から紹介できる人がたまたま、ファーゼスト家に逗留しているのか？

……そんな偶然があるわけないだろう。

私が頭を悩ませている間に時は過ぎ、しばらくするとノックの音が聞こえてきた。

「お待たせ致しました」

ファーゼスト家の家令の声が聞こえ、扉が開いた。

そして、そこから現れたのは三人のメイド。

しかし最後に入室したメイドを見た瞬間、魔物との戦いでは感じた事がない程の衝撃が背中を通り抜ける。

透き通るほどに白い肌に、血のように赤くそしてふっくらとした頬と唇。

流れる髪は黒檀の窓枠の木のように黒く、そして艶やか。

おとぎ話にでも登場するかのような可憐な乙女が、メイド服に身を包み佇んでいた。

…………言葉にならない。

時間にすれば数瞬であろうが、私は彼女に心を奪われていたようだ。

ふと我に返る。

私はルドルフ辺境伯に、領地開発の支援をお願いしたはずだ。

なのにこれは一体どういう事だろうか？

「…………ルドルフ辺境伯？　これは一体、どういうおつもりで？」

「何をおっしゃっているのかいまいち分かりませんが、ご希望の商品ですよ？」

商品？

この三人のメイドが商品とは、つまりこの三人をスズキ領に派遣するとの事だろうか？

だが、メイドを数人派遣したところで何になるというのだ？

そこまで考えが及んだ所で、はたと思い出す。

ファーゼスト家の、知る人ぞ知るもうひとつの生業を。

そうだ、聞いた事がある。

ファーゼスト家の侍従達は、皆、幼い頃から英才教育を受けたエリート集団だという事を。

ファーゼスト家はもう何代にも亘って、領内から才能のある子供を見つけては屋敷で育て上げていると聞く。

彼らはあらゆる分野の知識を高い水準で修め、その上何か一つは専門の分野を持っているというほどの才人の集団だ。

ファーゼスト家は、そんな彼らを各所に派遣する事で資金を稼いでいる。

事実、ジョシュア閣下の下にも何人か派遣されており、閣下の手足として辣腕を振るっていると聞く。

そんな人材を、ルドルフ辺境伯は三人も派遣してくれるというのか？

なんという……まったくなんという心強い支援だろうか。

彼女達に任せておけば、領内の運営は間違いない。

おまけに彼女達の姿を周りが見れば、ファーゼスト家がどれだけ支援に力を入れているかも分かるというもの。それはファーゼスト家が後ろ楯についたと言っても過言ではない。

その事だけでも心強いというのに……

「締めて金貨九〇〇枚……と言いたい所ですが、閣下のご紹介でもありますし、これから難事に立ち向かうライアン殿の顔を立て、六〇〇枚でいかがでしょう?」

このお方は、本当に人を驚かすのがお好きなようだ。

「なっ!?……ルドルフ辺境伯、こう言っては何だが、本気で言っているのか!?」

金貨六〇〇枚。

目玉が飛び出るような金額だ。

小さな都市が一年は運営できるほどの額だが…………

安すぎる! 破格と言ってもいい。

例えばの話だが、貴族が子供を育てようとすると、一般的に三人ほど教師を雇う。

教師の一般的な年収は金貨五枚程度なので、年間で一五枚程の費用が必要になる計算だ。

教育期間を一〇年と仮定すれば一五〇枚程の費用となる。

これはあくまでも平均的な貴族の子弟の教育費用の話。

だが彼女らは違う。

超一流の先達を教師として、その才能を余す事なく開花させた、超一流の人材。

それが、一人あたりたったの金貨二〇〇枚。

おまけに優秀な人材は金を掛ければ育つというものでも無く、金銭には代えられない代物でもある。

そんな人材を三人も寄越してくれるとは。

ただ食料や資材の支援をするのとは次元が違う。

……ルドルフ辺境伯は本気だ。

それほどまでにスズキ領の開拓に心を砕いてくれるとは……

はっ、そうか、ルドルフ辺境伯はきっとこう言っているのだ。

『後ろの事は任せろ、ペンよりも剣を持て』と。

くううッ、ここまで私の事を評価して下さるとは。

同じ辺境の男として、こうまでされて奮わない男がいるだろうか？

「本気も何も初めから商品と申しているではありませんか？　何ならどうです、ライアン殿の世話も任せてみては」

そして、その言葉にはっとなる。

彼女がスズキ家を守ってくれるという事は、家に帰れば私を待っていてくれるという事か!?

けけけけけ、けしからん!!　まったくもってけしからん！

……いや、まぁ、ルドルフ辺境伯はこうして意味あり気にからかってくるが、王国法がある故、そう無体な真似はできない。

性的行為の強要や、行き過ぎた暴力行為は王国法で禁止されている。

彼女たちは奴隷ではなく労働者なのだ。

今回の金銭のやり取りも、人身売買をするわけではなく、人材の出向に対する契約金に過ぎない。

そう、彼女は人材派遣されているに過ぎないのだ。

……だがしかし、その過程で恋仲になってしまう事はあるかもしれん！

そしてそれは不可抗力だ!!

もしも、お互いの気持ちが通じ合う事があったとしても、それは誰にも止められないはずだ。

……うむ、大丈夫だ問題ない。

ふと視線をずらして、彼女の姿をとらえる。

やはり可憐だ……うむ、彼女の気を引くためにも、領地の開拓に一層気を引き締めなければな。

そう心に誓っていると、彼女が柔らかく微笑みかけてくる。

心臓が高鳴る。

それを見て、自身の邪な考えが見透かされたように思えて、急に気恥ずかしくなってくる。

顔も熱い。

「ほっほっほっ、ライアン殿も気に入られたようで何よりですな。どれ、支払いは私が持つとしよう。なに、これから困難に立ち向かう若者への祝儀じゃて、気にするでない」

よほど動揺していたのであろう。

ジョシュア閣下までもが、そう言ってからかってくる。

支払いを持って頂けるのはありがたいが、色々と思うところがあり、頷く事しかできない。

商談成立の瞬間である。

やれやれ、ジョシュア閣下もとんだ人物を紹介してくれたものだ。

これでは益々張り切るしかないではないか。

「フフフフ、フハハハハハハ」

「ほっほっほっ」

二人は満足そうに笑っている。

王国の麒麟児と宰相閣下にここまで期待をされるとは……

この方たちの思いに応えるためにも、一層励むとしよう。

「………」

そう心に固く誓った。

ふふふ、どうやら私はこの短時間で、ルドルフ辺境伯にすっかり心酔してしまったようだ。

こうも容易く私の大切な物を盗んでいくとは。


——ルドルフ辺境伯は、とんでもない大悪党だったようだ。

村人ハンナの華麗なる一日

私の名はハンナ。辺境の地に住むただの村人だ。

私の住むこの地、ファーゼストでの生活は非常に厳しい。

農作業は辛い割に作物はろくに育たないし、魔の領域からはいつ魔物が襲ってくるか分からない。

この地に来てからもう一〇年近くとなるが、王都で暮らしていた頃の事に思いを馳せる事もある。

しかし、だからと言って不幸かと言われれば、断じて違うと言いたい。

娘のアンナがいるからだ。


娘のアンナが生まれる前まで、私は王都のとある御屋敷に奉公していた。

と言っても大した役職に就いていたわけではなく、ただの下働きとしてだ。

それでも真面目に勤め上げていたおかげか、ご当主様を始め家の方にも顔を覚えて貰え、その事は今でも私の誇りである。

そんな中、私はとある人と恋に落ちてしまった。

その相手とは、奉公先のご嫡男だ。

恋は盲目と言うもので、お互いの立場など一切目に入らず恋の炎は燃え上がった。

お互いに何度も愛を確かめ合い……そして気付いた時にはすでに、私のお腹の中には一つの命が宿っていた。

喜んだのも束の間、その事は、すぐさまご当主様やその奥方様のお耳に届いた。

そして私は、僅かな手切れ金を手に、御屋敷を追い出されてしまったのだ。

……彼とはお別れの言葉も交わせなかった。

私の両親はすでに他界しており、頼るべき伴侶はいない。

お腹に子供がいるのに住む所もなく、途方に暮れていた私を救ってくれたのは、違う御屋敷で働いていた従姉《いとこ》だった。

私はその伝手を頼り、伯父と伯母の住むこの辺境の地、ファーゼストへとやってきたのだった。

辺境での生活は、都会の生活とは勝手が違い、なかなか慣れる事ができず厳しい事ばかり。

出産に育児、そして日々の生活と忙しい毎日を送っていく内に、気がつけばもう一〇年程が過ぎようとしている。

娘のアンナも、もう八歳。

すくすくと元気に育って来ており、辺境の子供らしい逞しさを、すっかり身に着けていた。

さて、私が暮らすこのファーゼスト領だが、実は王国一の辺境と言われている。

他の辺境とは魔の領域の濃さが比較にならず、必然的に魔物も強力な個体ばかり。

取れる資源はほとんどなく、土も痩せており碌な作物も取れない非常に厳しい土地である。

だがしかし、厳しい土地ではあるが、決して貧しい土地ではない。

最低限食べていけるだけの収穫はあるし、餓死者なんて聞いた事がない。

行商人だって結構な頻度でやってくるし、現金もそこそこあるのであまり不便を感じる事はない。

魔物の襲来だって滅多にあるわけではないらしく、少なくとも、私が移り住んでからは一度も聞いた事がない。

それもこれもこの地を治める領主、ルドルフ様の手腕のおかげである。

そもそもファーゼスト領は、魔の領域の色濃い難治の領地。

他の者では統治不可能と言われるほどの土地だ。

代々それを治めるファーゼスト家の当主達は皆、天才・鬼才ばかりで、中でも今代の当主ルドルフ様は、先代当主に「ファーゼスト家の歴代を見てもこれほどの才はない、まさに麒麟児」と言わしめ、若くしてその跡を継いだ。

そんなルドルフ様が莫大な稼ぎを上げるから、私達が暮らせていると言っても過言ではないのである。

実は、辺境に住む人々の間では、そんなルドルフ様に仕える事が憧れの的だったりする。

ファーゼスト家は、昔から才能のある子供を屋敷で教育するという事業を行っており、教育された子供は世に出て経験を積み、そして領地に戻ってきて今度は次世代を教育するというサイクルで、優秀な人材を育成しているのだ。

そして、ファーゼスト家に見出された人々は、例外なく大成している。

国政の中枢を担っていたり、大貴族の家中を取り仕切っていたり、正妻ではないものの王族の伴侶となったりする等、例を挙げれば枚挙に暇がない。

ファーゼスト家に見込まれれば、人生は成功したも同然。

ファーゼストの地で生きる者にとって、それはまさしく夢なのである。


「そこの女！　ハンナと言ったか。お前の娘を私の家で預かる事にした」

だからその時、私は一体何を言われているのか理解できなかった。

バシン！

頬を張られた衝撃で地面に崩れ落ちるが、まるで現実感がない。

「返事はどうした!?」

顔を上げるとそこには、ご領主様の顔があった。

「ル、ルドルフ様!?…………え?……あの、私の娘が…………一体どういう事でしょうか?」

思考がはっきりしない。

これは夢であろうか?……いや違う。頬の痛みが、これが現実だと訴えかけてくる。

「もう一度だけ言うぞ。よく聞け、貴様の娘を我がファーゼスト家で召し抱える、光栄に思え」

ルドルフ様は、そうはっきりと断言なされた。

「ル、ルドルフ様……それはつまり………」

言葉の意味が徐々に現実の物となってくるにつれ、胸の奥から熱い物が込み上げてくる。

娘を育てる事はとても大変で苦労の連続だった。

嫌になる事もあった。

王都の生活を思い出し、涙する夜もあった。

アンナだって、父親が居ないのは寂しかったに違いない。

しかし娘の、アンナの将来はルドルフ様によって祝福された。

アンナの未来は、ルドルフ様によって約束されたのだ。

親としてこんなに嬉しい事はない。

「返事は!?」

「……はい…………娘を、アンナを宜しくお願い致します」

込み上げてくる感情で言葉にならず、必死になって声を絞り出す。

頭を下げた拍子に、溢れ出た滴が地面を濡らすが、一度流れてしまうと次から次へと零れ落ちていく。

「フンッ、では明日から来させろ。……村長、視察は以上だ！」

そう言って去っていくルドルフ様に、私はいつまでも頭を下げ続けるのだった。

ウィリアム＝バンガードの華麗なる一日

私の名はウィリアム、迷宮都市を治めるバンガード家の入り婿だ。

私は今、目の前の書状に頭を抱えている。

……どうしてこうなった。

迷宮が暴走し、心身ともにボロボロになりながらようやく鎮静化に成功して帰ってきてみれば、問題が山積みで待っていた。

住民の保護から、瓦礫の撤去、人材の手配などなど、都市の再建に必要な仕事は山のようにあった。

そんな中で、バンガードには決定的に足りない物があった。

それは、復興のための資金だ。

概算で金貨一万枚。

あっちこっちに、資金の借入れを願い出てみたが、額が大きいだけに中々思うように集まらない。

いや、なぜ資金が集まらないか理由は分かっている。

一つは、一度鎮静化した迷宮が、今後も金の卵を産み続けられるか分からず、貸すのに躊躇がある事。

一つは、モロー伯爵が裏で手を回している事が理由だ。

そして、今、目の前にある一枚の書状には、モロー伯爵の名前。

中身など、開封しなくても分かっている。復興資金の貸出しと、その条件についてだ。

八方塞がりとはこの事だろうか。

貴族としての影響力は、迷宮が暴走した事により急速に衰えた。

そして自慢の武勇も、バンガードの復興には何の役にも立たない。

……ああ、あの頃はよかった。

この苦境の中で逃避するかのように思い出されるのは、学園での輝かしい日々の数々だった。

私は、今でこそ王国貴族の末席に名を連ねているが、もともとは平民の出である。

母が言うには、私の父は貴き血を引くお方だそうだが、本当かどうかは定かではない。

もしそうだったとしても、認知されでもしない限り貴族の端くれと名乗る事はできない。

まぁ、どこにでも転がっている、よく聞く話の類いだ。

幸いだった事は、私には武芸の才能があったという事だ。

幼い頃からその片鱗を見せていたそうで、十を過ぎる頃には、並の武芸者では歯が立たないほどの腕前になっていたらしい。

一三歳の時、母の奨めで、栄えある王国学園の試験を受け、その門を特待生としてくぐる事が許された時、私はようやく自身の才を自覚した。

学園での生活は楽しかった。

才能が開花していくのが実感できたし、様々な事が学べた。

そして何よりも最愛の人と出逢う事ができた。

そんな学園生活を語る上で、外す事のできない人物がいる。

辺境の地からやって来た麒麟児、ルドルフ＝ファーゼストその人だ。

学園には、多くの貴族の子弟が通っており、『特待生の平民』という肩書は、良い意味でも悪い意味でも彼らの視線を集めた。

優秀な人材であれば今の内に唾をつけておこうという品定めをするような視線と、自分以上に優秀な平民を疎ましく思う視線だ。

学園に通い始めた当初は、それらの視線に辟易していたのだが、ある時を境に、ピタリとなくなった。

そう、ルドルフ＝ファーゼストとの出会いがそれらを変えてしまったのだ。

初めて会ったルドルフは、口が悪く我儘で自尊心が高く、平民を見下す最低な男だった。

私も、厄介な男に目を付けられたと頭を抱えたものだが、彼と付き合っていく内に、その印象は全く違うものへと変わっていった。

初対面では散々罵倒をされたのだが、それ以来、不思議と付き纏うような視線はなくなった。

それからも、彼が何か騒動を起こす度に、私の周りにはいろんな人が集まるようになったのだ。

私が、自身の才能に胡座を掻かずにいられたのも彼のお陰である。

剣術試験の時も、教師でさえ圧倒するような私に対して、ルドルフは何度も何度も立ち向かってくる姿を見せたのである。

実力では歯が立たないと分かっているのに、何度も立ち上がるその姿には、恐怖を覚えると共に、どこか憧憬の念を抱いたものだ。

おまけに一対一以外での状況では、全く歯が立たない。

集団戦闘や野外演習など、様々な要素が絡んでくる戦いになると、彼は無類の強さを発揮する。

あれはそう、機に敏感というか、チャンスを物にするのが非常に上手いのだ。

特にあの時の演習では、ぐうの音も出なかった。

赤組、白組に分かれて、野外で実戦を想定した集団戦闘の演習を行った時の話だ。

私達が陣地で強固に守っている時に、地震が起きて陣地のすぐそばの崖が崩れたのだが、まさか崩れた崖と一緒になって奇襲してくるとか……もう、何をどう考えればそんな事が可能なのか全く分からない。

完全に脱帽だ。

虚を突かれた私達は一瞬で制圧され、惨敗を喫したのである。

それ以来、野外演習なんかではなりふり構わない事にした。

泥団子を投げまくって、泥まみれにした時なんかは傑作だったな。ははは っ。

――こうして、私は彼から様々な事を学んだ。

しばらく経った頃には彼の印象はすっかり反転しており、言動がちょっとキツい奴という風にしか感じなくなっていた。

中身が一致してない事なんて、知らない奴はいない。

過去の英雄風に言うなら『ツンデレ』というヤツだ。

ルドルフに助けられたという人の話は両手両足ではきかず、かくいう私も、彼に頭が上がらない人間の一人である。

最愛の妻、アイリス＝バンガードとの仲を取り持ってくれたのが彼だからだ。

彼の協力なしに、彼女と結ばれる事は無かっただろう。

あれは、卒業まで残り一年程となった時の事だ。

その頃になると、授業自体は殆どなくなり、それぞれが卒業後の進路に応じて様々なアクションを起こし始める。

貴族の家に仕えるなら、その家の事を勉強したり実際に働いてみたりし、魔術師になるのであれば、専攻する分野を決めたり師事する人を見定めたりといった具合だ。

私は、戦闘分野で比類なき成績を収めており、その上他の分野でもかなりの好成績を残していたため、進路に関しては無数の選択肢が存在した。

だが、私は迷っていた。

想いを確かめ合ったアイリスと結ばれる方法が、全く分からなかったからだ。

彼女は迷宮都市を治めるバンガード家の一人娘、彼女と結ばれるという事は、バンガード家の次期当主になるという事に他ならない。

いくら両想いだからと言って、そう簡単に平民の私が婿になれるものではない。

そして更に間の悪い事に、アイリスには他の貴族との縁談が舞い込んできていたのである。

私達の知らない所で進む縁談に、募る焦燥感。

どうする事もできず、無為に日々が過ぎていく中、私は藁にも縋る思いでルドルフに相談をしてみた。

彼は一言、「冒険者になれ」と。

冒険者の中でも最上級である、Sランク冒険者になれば貴族と同等の地位を賜る事ができる。

実際に領地や利権があるわけではなく、ただの名誉職だが、それでも貴族と同等の地位である。

それだけで、私がアイリスと結ばれるための障害は殆どなくなるのだが……

無論、それに見合うだけの功績がなければなれるものではない。

私の実力であれば不可能ではないだろうが、今はあまりにも時間が足りない。

だが彼は、こう付け加えた。

「Aランクになれれば方法を考えてやろう」

Aランク冒険者ならば、なれない事もない。

なるための条件は、迷宮の一〇〇階層の突破。

普通に考えれば、無謀としか思えないが、不可能ではない。

成る程、短期間でAランクになれれば、Sランクになれる可能性を示せる。

そこにファーゼスト家の口添えが加わるならば、尚更である。

「卒業式が楽しみだな」

そう言って彼は去っていった。

…………つまり、リミットは卒業式までの約一年。

それまでは彼がなんとかしてくれるという事なのだろう。

私は、それからバンガードの迷宮に潜り続けた。

昼夜を問わず、寝食も忘れ、ひたすらに潜り続けた。

魔物をひたすらに屠り続け、とうとう一〇〇階層を突破した時、私は『剣鬼』の二つ名を持った立派なAランク冒険者となっていた。

それから急いで学園に戻ると、卒業式までギリギリの日数となっており、慌ててルドルフを捜したが、彼の姿はどこにも見えない。

……いや、彼の事だ、何か意味があるに違いない。

そう思い、私は最善を尽くすべく、今度はアイリスを捜した。

彼女の姿は簡単に見付けられたが、予期せぬ人物とも遭遇する事となった。

彼女の父親である。

荒くれ者ばかりの迷宮都市を治めるだけあって、彼女の父親はかなりの武威を誇っており、私に最大限の威圧を放ってくる。

一触即発の空気。

だが、私には迷宮で鍛えた胆力がある。

堂々とアイリスの父親の前まで赴き、彼女と結ばれたい旨を伝えた。

答えは「諾」。

「娘に悪い虫が付いたと聞いたが、竜を迎えるのならば話は別だ」

そう言った義父の、なんとも言えない顔は今でも覚えている。

悪い虫か…………ははは、一体誰にそんな事を吹き込まれたのやら。

ここにいない、誰かさんの顔を思い浮かべながら、喜びを噛みしめる。

そして、ルドルフが姿を見せない理由に、なんとなく見当が付いた。

『最愛の人ぐらい、自分の手で摑み取れ！』

きっと、彼はそう言っているに違いない。

叱咤されなければ求婚もできないなんて、全く情けない話である。

後で聞いた話だが、アイリスも彼には相当発破をかけられたらしい。

……幸せだった。

何もかもが上手くいき、栄光をこの手に摑んだはずだった。

それが何故、何故こうなってしまったのか…………


目の前の書状の内容に、現実に引き戻される。

書状の主、モロー伯爵は、あの時アイリスとの縁談の話に上がった相手だ。

私がアイリスと結ばれた事で面目を完全に潰され、元々アイリスに執着していた事も相まって、何かと目の敵にされていたのだが、今回バンガード壊滅の報を受け、ここぞとばかりに報復してきたのだ。

各所に根回しをして、バンガードの支援をしないようにしていたのもその一環。

そして極めつけは、書状に書かれていた、資金の貸出しの条件である。

それは、アイリスの身を差し出すというものだった。

くそっ、あいつまだ執着してやがったのか。こんな手で、アイリスを奪いにくるなんて。

怒りで身を焦がしそうだ。

だが何よりも、何も出来ない自分が許せない。

私が手に入れた力は、アイリスを守るための物ではなかったのか?

私が鍛えた力は、領民を守るための物ではなかったのか?

悔しさで、頭が埋め尽くされる。

………こんな時……こんな時、あいつだったらどうするだろうか？

ふと、そんな事が頭をよぎった。

そして気が付けば私はペンを走らせ、一枚の書状を書き上げていた。

宛名はルドルフ＝ファーゼスト。

散々世話になった、旧友の名前である。


そこからの行動は早かった。

バンガードの事はアイリスに任せ、私はルドルフの下へと向かう。

馬を途中で取り換えながら走らせ続け、幾日もかけて街道を駆け抜ける。

迷宮に潜り続けていた時を思い出させるほど身体を酷使し、体力の限界が見え始めた頃になって、ようやく私はファーゼスト領へとやって来る事ができた。

荒れ地ばかりで、何もない領地。

最果ての辺境とは、こうも厳しいものなのか。

こんな領地で、あれ程の資金力と影響力を持つルドルフの凄さを、改めて実感させられる。

私はファーゼスト領の入口からまた半日ほど馬を走らせ、ルドルフの住む屋敷へとやって来た。

すると、何処からともなく家令のヨーゼフが現れ、私を出迎えてくれる。

「ウィリアム様の御来訪を心より歓迎致します。馬はこちらで預かりますので、ウィリアム様はどうぞこちらへ」

私は側にやってきた侍従に馬を預け、ヨーゼフの後に続いて屋敷の中へ入る。

そのまま彼に案内されて通路を進んで行くと、来客用の一室へと通された。

「準備が整いましたらお呼び致しますので、今しばらくお待ち下さい。それまでは、ごゆっくりお寛ぎ下さいませ」

勧められるまま部屋の椅子に腰を下ろすと、これまでの道中の疲れがどっと押し寄せてくる。

ヨーゼフが退出すると、入れ替わるように侍女達が現れ、その手には湯と水が用意されていた。

「お飲み物をどうぞ」

侍女から、水が注がれたグラスを受け取り、それを一気に飲み干す。

……美味い。

果汁が入っており、微かに香る柑橘類のさっぱりとした香りが、疲れた体に染み渡る。

「失礼致します」

もう一人の侍女が、湯で濡らした布で、身なりを整えてくれる。

それだけでも、溜まった疲れが幾分か解れてきた。

たった数分のもてなしではあるものの、旅の汚れと疲れが和らいだ事に気が付き、改めてファーゼスト家の侍従の質の高さを知る。

旧友との面会に赴く前に、多少なりとも疲れを癒す事が出来たのは、正直ありがたかった。

しばらく、侍女にされるがままにしていると、やがてヨーゼフから声がかかる。

「お待たせ致しましたウィリアム様。ルドルフ様がお待ちです。どうぞ、ご案内致します」

そう言って案内するヨーゼフの後を進んで、私は食堂の前までやってきた。

「ウィリアム様をご案内致しました」

ヨーゼフに続いて部屋に入ると、そこには懐かしい旧友の姿があった。

変わってないな。

やや幼さの残る顔立ちは、記憶の中のそれとあまり変わっておらず、どこか安心する。

「やぁ、ルドルフ久しぶりだね」

「相変わらず暑苦しい体だな。貴様には多少窮屈かもしれんが、とにかく座れ。移動で疲れただろう、まずは英気を養え」

「君も相変わらずだね。ここはお言葉に甘えさせてもらうとするよ」

はははっ、毒を吐かずにはいられない所は全く変わってないや。

旧友の相変わらずの様子に気が抜け、肩の力が抜けたような気がした。

お互いが席に座ると、静かに現れたメイドがグラスにワインを注いでいく。

「旧友との再会に、乾杯！」

「乾杯！」

その声を合図にして、厨房から次々と料理が運ばれてくる。

あのファーゼスト家の料理人が腕を振るった晩餐である。

長旅で疲労した身体はその魅力に勝てなかったようで、それらはあれよあれよという間に、お腹へと収まっていく。

それから無心で料理を食べ続け、ようやく我に返ったのはデザートまで食べ切った後だった。

心なしか、ルドルフが呆れているように見えるのは気のせいだろうか？

お腹が膨れた事でようやく気持ちも落ち着き、私は本題を切り出す事にした。

「なぁ、ルドルフ。どうか君の力を貸してもらえないだろうか？」

焦っても仕方の無い事ではあるが、いつまでもアイリス一人に負担を掛けるわけにはいかない。

内容については、予め書面で知らせているので、いきなり切り出しても問題はないはずだ。

「手紙の件だな。貴様の言う通り、金貨一万枚もの金額を貸せるのは私ぐらいのものだな……」

王国有数の金貸しであるルドルフに対して、金貨一万枚という金額の心配はしていない。

流石のモロー伯爵も、ファーゼスト家までは手が回せないだろうが、あいつがアイリスに執心している事も、ルドルフは知っているはずだ。

ここで、金を貸すという事は、モロー伯爵との関係を悪くする。

それを押してまで、力を貸してくれるのか、それが心配だった。

「……いいだろう、貸してやる」

だが、私の心配は杞憂だった。

「ルドルフ！」

やはりルドルフに頼って正解だった。

学生時代から散々借りを作っておきながら、その上このような依頼を受けてもらって、厚かましい事この上ないが、彼以外にもう頼る相手がいなかったのだ。

本当に、一生彼には頭が上がらない。

「但し、返す時は五万枚にして返せ」

だが、彼はそこにこう付け加えてきた。

その瞬間、静寂が訪れる。

「…………なっ」

信じられない。

ルドルフが、まさかこのような事を言ってくるなんて、全く考えていなかった。

利息は年利二割。

例えばの話だ。

復興までおおよそ六年の歳月を想定しているが、この時点で、利息に利息が付いて、借金は金貨約三万枚にまで膨れ上がっている。

そこから借金を返そうと思ったら、年間六千枚もの金貨の返済をしなければならない。

そんな事、無理に決まっている。

つまり、そもそもこの借金は返せない事が前提の借金なのだ。

こういった場合、貴族の間では様々な利権を担保に借金をする事が多い。

モロー伯爵の付けた、アイリスの身を差し出すという条件は、事実上バンガードの全てを差し出せという事に他ならないのだ。

モロー伯爵に任せるくらいなら、ルドルフに全てを託したい。

そう、決意してここまでやって来たというのに……

「ルドルフ、君は正気か!?」

この男は、相変わらず私を叱咤してくる。

「別に私は貸さなくてもいいのだ。この条件が飲めないのなら他を当たりたまえ」

『金貨五万枚が、アイリスとバンガードの値段だ。払えるだろう?』

彼はそう言っているのだ。

迷宮都市が正常なら二、三〇年で払いきれる金額である。

つまり、支払っている間はファーゼスト家の紐がついているという事であり、モロー伯爵も手を出す事はできない。

アイリスとの仲を取り持った時といい、今回の事といい、ルドルフは私が諦める事が余程気に食わないらしい。

『自分の手で掴み取れ』と、また叱咤してくれているのだ。

「……お前という奴は…………本当にお前という奴は…………」

いいだろうルドルフ、君から私達の人生を買わせてもらおう。

「…………してくれ」

何十年かけても払い切ってやる。

そして私達の人生に、たった金貨五万枚という値を付けた事を後悔させてやる!

「んん？　よく聞こえなかったのだが、もう一度はっきりと言ってもらえるかな？」

「……その条件で貸してくれ」

全身を震わせ、手を固く握り締め、はっきりと聞こえるように声を絞り出した。

「君ならそう言うと思っていた。ヨーゼフ、契約書を持ってきたまえ」

彼はそう言って、嬉しそうな声を上げた。

涙が零れないように私が必死に堪えていると、ルドルフがそっと近付きペンと契約書を差し出してきた。

私は何も言葉に出来ないままペンを走らせていく。

涙が堪えきれずに書類へと零れ落ちる。

昔と変わらない旧友の優しさが、嬉しくてたまらない。

だが、彼はただ金貨を貸すだけでは許してくれないらしい。

「ヨーゼフ、そういえば最近手の空いた者が数人いたな？　金貨一万枚もの大金の運用だ、我が家の者も数人付ける。……なぁウィリアム、これからはお互いに力を合わせてバンガードを復興しようじゃないか」

ルドルフは、一体どれだけの涙を私に流させれば気が済むのか。

彼は、何でもこなすあのファーゼスト家の侍従を幾人も付けると言い放った。

これからの復興の中で、絶対に必要になってくる人材だ。

ルドルフの力添えに、胸の奥から熱いものがまた込み上げてくる。

「……くっ」

――クシャ
サインをする手に余計な力が入ったのか、手元の書類が音を立ててシワを作る。

だが、そんな事よりも、私はルドルフに期待されている事が嬉しかった。

また自分の手で幸せを摑み取れる事が嬉しかった。

「ヨーゼフ、ウィリアムはお疲れだ。彼は明日からも大変なのだから、今日はゆっくり休んでもらえ」

ルドルフはそう言って会談を打ち切った。

「かしこまりました。それではウィリアム様、お部屋にご案内致します」

ヨーゼフに案内されて、客室まで戻ってくると、今までどこかで張りつめていた緊張の糸が、音を立てて切れる。

これでもう心配する事は無い、あとはやれる事をやるだけでいい。

ベッドに横になると、すぐにも睡魔が襲ってきた。

うとうとと微睡む中、ふいに王国法の第9法が思い浮かぶ。

ルドルフは、私とアイリスの人生に金貨五万枚もの値を付けて売り払った。

あきらかな違法行為である。

そんな事を考えて、思わず頰が緩む。

――ははは、そうかあいつは悪党だったのか。

そのまま私は、眠りの底へと沈んでいくのだった。

小話　とあるメイドの華麗なる一日

ファーゼスト家のメイドの間には、まことしやかに囁かれる噂がある。

曰く、領主のルドルフ様は縁結びの神様であるとの事だ。

私も、そんな馬鹿なと思うのだが、同僚の子が身分違いの恋を成就させていたり、生き別れの幼馴染みと再会したりする様を見ていると、あながち間違いではないのかもしれない。

ただ、まぁ、私がその恩恵に与っているかと言われると、悲しい現実に目を背けたくなってくる。

私もまもなく二五歳。ギリギリ適齢期ではあるものの、浮いた話の一つもなく、ジリジリとした焦燥感に苛まれる毎日を送っている。

いやまぁ、原因が私にある事は分かってはいるのだ。

実際何年か前までは、ちょこちょこ縁談だってあった。

自分で言うのもなんだが、見た目は整っている方で、仕事もできる。

ファーゼスト家の侍従をしている関係で、コネもあるし、収入だって多い。

こんな良い物件なのに、何故結婚が出来ないのか。

それは、物件が良過ぎるのが原因だと信じたい！

縁談だって、「君に釣り合う自信がない」と言って、毎回断られるぐらいである。

男っていうのはあれでしょ。

ほどほどに可愛いのがいいんでしょ？

ちょっと足りないぐらいの方が愛嬌があっていいんでしょ？

隙があるぐらいの方が可愛げがあっていいんでしょ？

けっ、どうせ私は顔は良くても愛想は無い。

収入は下手な奴よりよっぽど多い。

仕事柄か、隙は少ない。

極めつけは、縁結びの神様のご利益も無いときた。

かぁー、もうやってらんないよ全く！

どこかに、自分よりも収入が多くて、仕事ができて、そんな女の尻に敷かれても良いっていう、プライドの無い男は転がってないかねぇ。

……まっ、そんな男なんか、いても願い下げだけどね。

はぁルドルフ様、どうか、どうかそのご利益を私に分けて下せぇー!!

あっそれパンパンっと。

柏手を打って遠くの空に祈っていると、どこからか私を呼ぶ声が聞こえてきた。

「ユキ、なんか、ヨーゼフさんが呼んでるから、みんな一度食堂に集まるんだってさ」

同僚の子からそう言われ、とりあえず一緒に食堂に向かう事にする。

一体何だろう？

日は暮れ、ほとんどの人間が自室で休もうとしていた筈だが、こんな時間に一体何の用だろうか。

食堂に集まると、既に何人もの人間が集まっており、皆私と同じように困惑したような表情をしていた。

ヨーゼフさんは、私達がやってきたのを確認すると、状況を話し始めた。

「さて、こんな時間に集まってもらったのは、ルドルフ様の命で何人か他家に出向してもらう事が決まったからです。恐らくファーゼストへは戻って来られないかと思いますので、希望者を募ります」

ヨーゼフさんが、そう言った瞬間、何人かの目がギラリと光った。

それらは皆女性で、彼女らは一様に肉食獣のような眼をしていた。

普通に考えれば、出向先で一生を終えるなんて誰も行きたがらない仕事の筈だが、ここはファーゼスト家。

常識では計りしれない事象が渦巻く家だ。

言い方を変えよう。

あの縁結びの神様であらせられるルドルフ様が、一生を暮らす先を用意しているのだ。

断言しよう、ゼッッッタイに良縁が待っている。

終身出向した同僚が、不幸になった例は無い。

むしろ、良い出逢いが無かった事がない！

つまり、未だに良い相手のいない女性にとっては、何をおいても就きたい仕事なのである。

「なお、今回は三名を予定しています。希望者は申し出て下さい」

ヨーゼフさんがそう言うと、並々ならぬオーラを漂わせた女性が一〇人、前に進み出た。

私？

何言ってるの？　立候補してるに決まってるでしょ？　バカなの？

「…………はぁ、毎回の事ですが、どうして皆そんなにやる気に満ちてるんですか？　まぁ、いいでしょう。今回は一〇人ですね、籤《くじ》を引いて下さい」

ヨーゼフさんはどこか諦めたような顔をして、用意してあった籤を取り出す。

さて、決戦の時はやってきた。

負けられない。周りを見渡せば、皆若い娘ばかり。

私に席を譲ろうなんて殊勝な考えを持った娘なんて一人もいない。

いい度胸だ、その喧嘩言い値で買ってやろうじゃないの。

後がない人間の恐ろしさを、とくと味わうがいい！

さぁ、相手は籤。

どう料理してやろうか……

——キュピーン！

その時何かが降りてきた。

……今まで私はガツガツし過ぎていたのではないだろうか？

周りを良く見なさい、この浅ましい者どもの無様な姿を。

このような姿で縁結びの神様の御利益を得ようなんて、ちゃんちゃら可笑しいのではないか。

そう、縁結びの神様の御利益は確かなのである。

選ばれる人はどのようにしていても、選ばれる運命にあるのだ。

ならば何故急ぐ必要があるのだろう。

ここはひとつ、どっしりと構えて、最後の籤でも引こうではないか。

目の前で、争うように列を作る同僚を尻目に、私は最後尾にゆっくりと並んだ。

ハズレ
当たり
ハズレ
ハズレ
当たり

前半の五人が引いた時点で、既に当たりが二つ。

残る席はあと一つだが、私は既に最後尾に並んでしまっている。

賽は投げられたのだ。

ハズレ
ハズレ
ハズレ
そして、運命の瞬間。
確率二分の一、えいっと言って、目の前の子が引いた手の中には…………

ハズレ

……という事は!?
ヨーゼフさんの手の中を見ると、そこには当たりの籤が残っていた。
イヨッシャァァァァァ！！！
苦節二五年、私はようやく幸せへの切符を掴み取る事ができたのだ。
周りの姿を見回す。
そこには悔し涙を流しながら、こちらを恨めしそうに眺めてくる同僚の姿があった。
皆、手の中にはハズレの籤がある。
以前の私もこの様な姿を晒していたのかと思うと、込み上げてくる気持ちがあった。

マジ、ざまぁぁぁぁぁぁぁぁ!!

まだまだ若い癖に、先の無い私を差し置いて、自分だけ良い人を見つけようとするから、そうなるのだ。

ぷぷぷっ、行き遅れ間近の人間に、席を掻っ攫われてどんな気持ち？　ねぇ、どんな気持ち？

今なら、私の事を散々からかった事も忘れてあげる。

その吠え面に免じて、許してあげるわ。

さぁ私、今日からは新しい私になるのよ。

さようなら、今までのガツガツした私。そしてこんにちは、余裕を持った私。

そう、私は今日悟ったのだ。

縁結びの神様の御利益は確かなのだ。

なら焦る必要がどこにあるだろうか？

清く正しく生きていれば、神様はきちんと導いてくれるのだから。

「さぁ、では三人共、今から案内するので付いてきなさい」

そう言って先導するヨーゼフさんの後を、三人で追って行った。

私は当然のように最後尾を悠然と歩く。

ヨーゼフさんが向かった先は、数ある応接室の中でも、最上級の一室。

今日この部屋を利用されているのは、王国の政治を一手に引き受ける宰相のジョシュア様と、シユピーゲル家の次男のはず。

その事実に、私達の期待も高まっていく。

「お待たせ致しました」

ヨーゼフさんはノックをすると、そう言って部屋へと入って行った。

私達もそれに続いて、部屋へと足を踏み入れる。

中では神様……じゃなかった、ルドルフ様が、誰かと何やら話し合っていらっしゃったが、マジマジと見るような、はしたない真似は出来ない。

あの方がシュピーゲル家の次男だろうか？

相手の姿を確認しないまま、私はやや目を伏せ、直接目を合わせるという失礼をしないようにする。

話を聞いていると、どうやらこの方の領地へと出向するらしい。

そこが私の新天地。

幸せな未来に思いを馳せて、気が抜けていたのだろう。

不意に、件《くだん》の貴人と目が合ってしまう。

そこで、初めてその容姿を見る。

キキキキキ、キタ――――――――!!
イケメンキタ――――――――――!!

何これ？　なんなのこれ？
好みなんですけど、っていうか超ド・ストライクなんですけど!?
うわっ、何あの筋肉、凄ッ！　カッチカチじゃない!!
良いッッ！　筋肉ってあんなにも良い物だったのね。

テラ盛り筋肉キタ――――――！！！

…………はっ、なんてはしたない事を。
いけないいけない、私は悟りを開いたのよ。
だからこんな事で、動揺してはいけない。
余裕をもって、優雅に対応するのよ私！

ニコリ

精一杯の笑顔を作り上げる。
出来るじゃない！
私、やれば出来るじゃない！

さっきまでの動揺を必死に抑えて、会心の笑みを浮かべる事ができた自分を誉めたくなる。

……って、相手も顔を赤くしてる？

何これ？　脈有り？　えっ、ウソ本当に⁇

キタ――――！
キタコレ――――!!
私の時代が、キ、マ、シ、タ、ワ――――！！！

神様、仏様、そして何よりルドルフ様。

本当にありがとうございます。

ルドルフ様は、やっぱり縁結びの神様だったのですね。


お父さん、今まで育ててくれてありがとう。

お母さん、今まで心配かけてゴメンね。

お父さん、お母さん、ユキは新天地で幸せになってきます！

第2章

The great days of
the vice lord RUDOLF

悪徳領主の秘密

昔々、とある魔の領域に一柱の悪魔が封印されていました。

悪魔は、神代の時代の生き残りで、それはそれは強大な力を持った大悪魔でしたが、それ故、神々の手によって厳重に封印されていたそうな。

封印によって徐々に力を失いつつあった悪魔ですが、ある時悪魔の下に一人の男がやって来ました。

男は富と名声を求めて、魔の領域の探索にやって来たのです。

悪魔は言葉巧みに男を唆し、男とある契約を結びました。

男に領地と幸運を与えて守護する代わりに、その地に住む人々の怨嗟を悪魔に捧げるという契約です。

男は、悪魔の守護によって魔の領域を切り開き、悪魔の封印された地を中心にした領地を持つ事になりました。

悪魔の呪いのせいで、男の一族は、長期間領地を離れる事ができなくなりましたが、男の一族は代々この事を子孫に伝え、今もなお契約を固く守り続けているというのです。

こうして、最果ての地にファーゼスト領は生まれ、今日まで栄える事となったのです。

〈代々、ファーゼスト家に伝わる昔話より〉


私の名はルドルフ＝ファーゼスト。

辺境の地を治める、栄えある王国貴族の一員だ。

私は今とある場所へと向かっている。

薄暗くジメジメとした螺旋階段を下り、その先にある重厚な扉を開け、大きな部屋へとやってきた。

ここは、代々ファーゼスト家の当主とその継嗣にのみ伝わる秘密の部屋。

ここには、ファーゼスト領の繁栄の秘密が隠されていると言っても過言ではない。

統治不可能とまで言われたこの地が、何故、最低限とはいえ収穫が見込めているのか。

魔の領域に囲まれ、強力な魔物がすぐ側にいながら、何故襲われないのか。

そして、ファーゼスト家が、何故こうも良縁・奇縁に恵まれるのか。

実は、それらには、他言できない理由があった。

ファーゼスト家の繁栄の裏には、この部屋の主の力があったからなのである。

そこは部屋とは言うものの、ただの洞窟を大きくくりぬいて磨いただけというもので、壁や地面はむき出しのままとなっていた。

だが、どのように磨けばこのようになるのか、それらの表面は非常に滑らかで、黒く妖しい光沢を放っている。

そして、その部屋の中心には天蓋付きの豪奢な寝具が備えられており、一人の女性が身を預けていた。

女性はこちらに気が付くと身を起こし、寝具の縁へと腰かける。

その動作は非常に洗練されており、優雅で美しく心を揺さぶるものだった。

動作だけではない。

頭の先から爪先まで。手の先から髪の毛一本一本に至るまでもが妖しい美を放ち、まるで神々が美という概念をここに形作ったかのような、姿形をしている。

そう、まるでこの世の物ではないかのように。

私は迷わず部屋の中心へと進み、跪《ひざまず》いてその存在と相対した。

「ファーゼストを護りし偉大なる御柱様。ご機嫌麗しゅうございます」

このお方こそが、初代から今に至るまでファーゼスト家を導き、繁栄をもたらした存在。

運命を弄び、因果律を狂わせる権能を持つ、神代の時代の大悪魔。

何故そのような高次元の存在が、私のような矮小な人間に力を貸して下さるのか。

それはファーゼスト家の初代と取り交わされた契約があるからに他ならない。

ファーゼスト家に伝わる話によると、かの方は神々によって、この地に封印されているとの事。

そのせいで、本来の力は振るえないものの、こうして人間との契約を交わす事によって、その力を取り戻さんとしているのだ。

ただ、名前は伝わっておらず、『御柱様』との呼び名が伝わるのみ。

まぁ、この様なお方に呼び名を伺うなど、恐れ多い事である。

こうして、直接拝謁する事が叶うだけでも、望外の幸運というものだ。

「よい、面を上げよ。してどの様な用向きじゃ？」

顔を上げると、その美の結晶のごとき容姿が目に飛び込んでくる。

この世の物とは思えないその幻妙な美しさに、魂が震えてくるのが分かる。

………はっ、惚けている場合ではない。

「はっ、今年も御柱様のお陰で、無事大地の恵みを収穫する事が叶いました。その他、家業も順調で御家も益々繁栄致してございます。御柱様には感謝のあまり言葉もございません」

この地は御柱様の加護で繁栄していると言っても過言ではない。

大地の恵みを享受できた事を機に、毎年こうしてお祝いの言葉を述べに足を運んでいるのである。

「妾《わらわ》に感謝とな……皮肉か？」

御柱様が眉をひそめる。

その姿も美しくはあるが、今はそのような事を考えている場合ではない。

確かに、怨嗟を捧げるべき存在に感謝を捧げるとは、とんだ皮肉である。

「滅相もございません。いくら我が家との契約があるとは仰せども、御柱様は、人知の及ばぬ尊き御方。卑しき手前と致しましては、只々感謝するのみにございまする。他意はございません」

ひたすらに許しを乞う。

しかしながら、契約の恩恵を受けている私ぐらいは、感謝を捧げる事をお許し頂きたい。

あなた様のような、尊きお方をぞんざいに扱うなど、死した方がましというもの。

「…………であるか」

お許し頂けたようだ。

しかし、だからといってその言葉に甘えるだけでは、あまりにも不甲斐ない。

「はっ、また、御柱様のお耳に入れたき事がございます」

契約の通り、御柱様には怨嗟の声をお届け致しましょう。

「なんぞ、申してみよ」

「手前どもは御柱様のご加護により、例年通りの収穫を得る事が叶いましたが、他家では不作ばかりと聞きます。今年は御柱様への供物も一層、奉じられる事と存じます」

不作となれば、それだけで家畜《へいみん》共は喘ぎ苦しむ。

餓える苦しみが御柱様への贄となるのだ。

勿論、他領の事なので、御柱様へ捧げるためには一工夫が必要で、その苦しみに我が家が関わっている必要がある。

だが、そんな事は簡単だ。

金の無心に来たり、食糧供給の仲介を願いに来たりと、何もしなくても相手の方からやってくる。

あとは、生かさぬよう殺さぬよう、いい塩梅になるように搾り尽くしてやればいい。

「ほう？」

どこか上機嫌な御柱様の声が耳を打つ。

甘く響く声が、脳を痺れさせるが、なんとかそのまま言葉を続ける。

「また、家業の方でも、近々借金で首の回らなくなる者がございます。こちらも御柱様の贄として、お捧げ致します」

そして、更には我が家からの借金で身を落とす者もいる。

まぁ、首が回らなくなるように手を回したのは私だがな、ククククッ。

こちらも、全てを毟り取って絶望に叩き込んでやり、御柱様への供物と致しましょう。

「期待しても良いのじゃな？」

凛としたその響きに、蕩けそうな程の悦びを感じる。

「ははっ、必ずやお喜び頂ける物を、用意してご覧に入れましょう」

御柱様にこのように、ご期待頂けるとは。

不肖このルドルフ、全身全霊を以て供物を捧げる事と致しましょう。

必ずや極上の物を献上致します。

「うむ。時におぬし、名はルドルフと申したな？」

なななんと!?

今、御柱様のお口から私の名が発せられた？

私の名を、覚えて頂けていたとは。

何という幸せ。

何という悦び。

「おお、御柱様に直接名前をお呼び頂けるとは、恐悦至極にございます」

御柱様、私の心は今、悦びで打ち震えております。

今日という日の、何と有り難き事だろうか。

「そちには期待している。良きに計らえ」

その上、この様なお言葉を頂戴するとは。

何と言っていいのやら。

あまりの感動に魂が震えると言っても過言ではない。

「ははぁぁぁっ」

大仰に頷き、私は足早に部屋を去る。

一刻も早く、この美しき女神様に供物を捧げるためにと、螺旋階段を上がって行く。

御柱様、このルドルフめが、あなた様をそこから解き放ってみせましょう。

今しばらく、今しばらくお待ち下さいませ！


クックックッ、フハハハハ、アーハッハッハッハ！

悪徳領主と豚の餌

「ル、ルドルフ辺境伯よお待ち下さい。どうかお力をお貸し下さい」

席を立ち上がろうとした私に、縋り付くような声がかけられる。

声の主は、何とかという地の領主で……名は何と言っただろうか?

相手は、貴族の末席に名を連ねているとは言え、規模の小さい田舎貴族。

その地を治めるために、便宜上貴族を名乗っている家畜《へいみん》に毛の生えた程度の者など、覚える価値も無い。

「縁がなかったようだな。他家を当たってくれ」

そう冷たく突き放し、私はそのまま部屋を去ろうとする。

「そこを何とか。今年はどこもかしこも不作で、最早ファーゼスト家以外に頼る所など無いのです。どうか、どうかお力をお貸し下さいませ」

だが、相手も行く手を遮るようにして、食い下がってくる。

それもそのはず、彼は自領が不作のため、ここでなんらかの支援をもぎ取らねば、家畜《へいみん》を餓えさせる無能のレッテルを貼られるのだ。

だが、わざわざ私を利用しようとする所が気に入らない。

田舎貴族風情が自身の分を弁えず、私に話を持ってくるなど厚顔無恥も甚だしい。

「ふん、それで何故私の家なのだ？　私の領地が荒れ地ばかりなのは知っているだろうに。モロー伯爵の所にでも頼むのだな」

だいたい、食糧の事ならばモロー伯爵に頼めば良いのだ。

あそこは、代々続く由緒正しい家柄で、家格に相応しい財力に加え、豊かな穀倉地帯もあり、蓄えもある。

泣きつくなら、まずはそこだろう。

「モロー伯爵には、もう相談を致しました。が、足元を見られ高額な料金を吹っ掛けられました。その額何と金貨二〇〇枚！　私のような小さい家にそんな資金はございません！」

ふん、その程度の額も払えないのか。

有事に備えた蓄えを普段から怠るとは、やはりこの田舎貴族は無能だな。

「そうか、それは気の毒に……」

私はため息を吐いて応えたが、それをどう捉えたのか田舎貴族は喜びの声を上げる。

「それでは、援助をして頂けるので!?」

……こいつは何を言っているのだ？

私が貴様に手を貸して、何のメリットがあるというのだ。

何の利益にもならない事に、私が手を貸す訳がないだろう。

「……どうぞ、お引き取りを」

にべもなくそう言って返す。

「なっ！　貴殿は、私の領民に餓えて死ねと言うのか!?」

田舎貴族がなにやら喚き始めた。

何様のつもりだろうか？

貴族とは、自身の領地を治めてこその、貴き血。

自身の無能を棚に上げ、あまつさえ責任転嫁をするとは……

やはり、所詮は田舎者という事か。

「その責任は、貴様が負うべきだろう？」

「ぐっ……」

そう言って、田舎貴族の口を塞ぐ。

「ふん。そもそも、食べさせる事ができないのならば、他所にでも売り払えば良かろう」

「なっ!?　我らが守るべき民を、家畜の様に売り払えと!?　いくら辺境伯といえども、言って良い事と悪い事がありますぞ」

はぁ？　何を言っているのだ。確かに家畜《へいみん》は大事な収入源だ。野犬にでも襲われたならば、守ってやる事も吝かではない。

だが、家畜《へいみん》を食わすために、我らが倒れてしまっては本末転倒だ。

家畜《へいみん》が飼えないなら、出荷するなり潰すなりして数を調整する事ぐらい、当たり前の対処法だろう。

「全く、あれも嫌だこれも嫌だと駄々ばかりこねて、貴族の端くれとして恥ずかしくないのか？」

金は無い、代わりに差し出すものも無い、おまけに身を切るのも嫌だと。

自身の領地の事ぐらい、自分で責任を持って貰いたいものだ。

ただ喚くだけなら、家畜にだってできる。

「さっきから聞いておれば……」

「ふん、貴様の領地の事だ。責任は貴様が持つべきものだろ」

「………」

そこまで言って、田舎貴族はようやく口を閉ざした。

所詮は田舎貴族、家畜と同様の事しかできないのなら、貴族を名乗らず、ブヒブヒ鳴いていればいいのに。

わざわざ我が領にまでやって来てブヒブヒ泣き喚くとは、迷惑な奴だ。

……ん？　豚といえば。そういえば豚の餌ならば、大量に備蓄があったな。

家畜《へいみん》が豚の餌を貪るのか………これはいいな。

いや、むしろ妙案ではないか？

フハハハハ傑作ではないか！

そうだ、豚は大人しく豚の餌でも食っていればいいのだ!!

「そうだ、いい案を思い付いた。ドクイモなら我が領にも沢山ある。それで餓えを凌いではいかがか？」

「ドクイモだと？」

ドクイモとは、主に家畜の食料として用いられる芋類の事だ。

非常に繁殖力が強く、痩せた土地でも育つため、ファーゼストでも大量に収穫する事ができるのだが、毒性を持っており、食べれば腹痛を起こす場合もあるため、専ら飼料として使われているのだ。

「食べられない物でもないだろう？」

勿論、必ず腹痛になるというものでもないし、大量に食べ過ぎなければ、問題もない。

餓えはある程度、凌げるはずだ。

ただ、豚の餌を食べるという事自体に、目を瞑ればだが……

「ぐぬぬ……」

「冬を越せない家畜は、潰すしかなかろう。潰すかどうか、貴様の好きにするがいい」

迷っている所に、そう投げかける。

私としては、このまま帰ってもらうのも、豚の餌を食わせるのもどちらでもいい。

どちらにせよ、この無礼な田舎貴族が帰ってくれるなら、万々歳だ。

「………それ以外に方法は無いか。ルドルフ辺境伯、お願いできますかな？」

やや間を置いて、田舎貴族はそう答える。

その顔は、苦虫を噛み潰したようだった。

「ドクイモは、我が領でも処分に困っていたところだ。格安で譲ろう。……ヨーゼフ、後は任せる」

「はっ、お任せ下さいませ。それでは別室にてご案内をさせて頂きます。どうぞこちらへ」

今まで側に控えていたヨーゼフは、そう言って田舎貴族を伴って部屋から出て行った。

やれやれ、ようやく帰ったか。

全く、あれで王国貴族の末席を名乗るなど、一体いつからこの王国は豚小屋になったのだ？

せめて人間の言葉を理解できるようになってから、貴族《にんげん》を名乗るべきだろう。

……まぁいい、あの芋は本当に繁殖力が強く、処分するのに困っていたところだ。

あれを金に換える事が出来ただけでも、良しとしよう。

それにしても、家畜《へいみん》に豚の餌を食わせるという発想は無かったな。

フハハハハ、奴らにはお似合いの食料だ。

家畜《へいみん》が豚の餌を貪る様は、さぞ滑稽であろう。

さぁ女神様、あなたの忠実なる僕《しもべ》がこれから新たな供物をお捧げ致します。

豚どもが涙を流しながら餌を貪る様を、存分にお楽しみ下さいませ!!

クックックッ、フハハハハ、アーハッハッハッハ！

悪徳領主の取り立て

ファーゼスト家のとある応接間にて、私は二人の来客の対応をしていた。

年齢は離れているが、二人の顔立ちは良く似ており、親子である事が窺える。

年嵩の男性は、髪はボサボサであるものの、それなりに切り整えられていたり、着ている服は清潔ではあるものの、だらしなく着崩していたりするなど、どこかチグハグな印象を受ける。

反面、その隣に座っている若い女性は、身形もきちんと整えられており、背筋も真っ直ぐにして座るなど、その仕草一つ取っても教育の跡が窺える。

おそらく、だらしない父親の面倒を娘が見ているのであろう。

向かいに座る二人は、やや緊張した面持ちで私と相対する。

「ルドルフ様、どうぞこちらを御賞味下さいませ」

そう言って年嵩の男性は、手のひらに収まる程度の大きさの紙袋を取り出した。

ヨーゼフはそれを一旦受け取り、毒味をして問題無い事を確認してからこちらに手渡す。

私が紙袋を開けて中を確認してみると、そこには大さじ一杯程度の塩が入っていた。

それを、一つまみして口の中に放り込む。

「ふむ、海水塩とは思えない程の味だな」

私の知っている海水塩はもっと雑味やえぐみがあり、とても食べられた物ではなかったが、今回口にした塩はやや雑味等は残るものの、十分実用可能なレベルの物であった。

「ルドルフ様、それでは!?」

「うむ、見事な製塩技術だ。褒めてつかわそう」

この技術は、今目の前に座っている人物が開発した物である。

果たして、この技術で一体どれだけの金貨を生み出す事ができるだろうか。

そう考えると、労いの言葉の一つも出てくるというもの。

年嵩の男の名はシド、中規模程度のとある商会の主だ。

彼自身は商会で取り扱う商品の開発等を手掛ける研究者で、店の切り盛りは専ら別の人間に任せているそうだ。

その柔軟な発想から様々な物を開発していく内に、彼はある時海に目をつけた。

岩塩が市場を独占し莫大な利益を上げている現状、海水から上質な塩を供給する事ができれば、計り知れない利益を生み出せる。

そう考え、彼は海から塩を精製する技術を開発するべく、私から資金を借りたのである。

その額、何と金貨三〇〇枚。

そして今、その成果をこうして私に披露しに来ているという訳だ。

素晴らしい、実に素晴らしい技術だ。

金の卵をよくぞ産み出してくれた。

そのあまりの嬉しさに、彼らにこう言葉を投げ掛ける。

「……それで？」

私が言葉を発すると、二人は言葉の内容が理解できなかったのか、キョトンとしている。

「ルドルフ様、それでとは、一体どういう事でしょうか？」

「それは私が聞いているのだが？」

私がここまで言っても、意図が飲み込めないらしい。

やれやれ、それなりに教育を受けているとは言え、所詮は家畜《ぐみん》か。

「貴様らが持ち込んだ塩は、中々の物であった。……だがそれで？　そもそも私に用があって出向いたのは貴様らだろうが。私に一体何の用だ？」

「……っ！　何って、そんなの決まってるでしょう!!」

今まで静かにしていた娘が、我慢できなくなったのか大声を上げる。

「控えなさいマリー!!……ルドルフ様、娘が失礼を致しました」

この娘、レディに見えて、その実相当なじゃじゃ馬のようだ。

フフフッ、これは思わぬ拾い物になりそうだな。

「くっ」

マリーと呼ばれた娘が口を閉ざしたのを見てから、シドは言葉を続ける。

「ルドルフ様、出来上がった塩の品質につきましては、たった今御賞味頂きました通りでございます。これらの事業が軌道に乗れば、莫大な利益を生み出す事でしょう」

「貴様の言う通りだな」

「ならば、今しばらく、返済に猶予を頂けないでしょうか？」

確かにこいつの言う通り、きちんと扱えば莫大な利益を生み出すだろうし、猶予があれば借金の返済も可能かもしれない。

だが――

「断る！　まずは、金貨五〇〇枚を返済して頂こうか？」

勿論、そんな事をさせるつもりはない。

「はぁっ!?　借りたのは三〇〇枚でしょ!?　何で二〇〇枚も増えてるのよ!?」

「マリー!!」

ちっ、さっきからうるさいガキだ。

利息の事も知らんのか……

「三年で五〇〇枚にして返済する。そういう約束だったな？」

横でギャーギャー喚く小娘を無視し、懐から証書を取り出してシドと話を進める。

「その通りでございます。ですが、儲かる物なのは間違いありません。ルドルフ様も目先の利益より後の利益の事をお考え下さいませ」

「ほう？　それならば聞くが、この塩は売れるのかね？」

「それは……」

私の問いに、シドは言葉を詰まらせる。

「実際に販売するようになってしばらく経つと聞くが、どうなのだね？」

後の利益？　そんな物有る訳が無い。

実際に売れて利益を出せているのなら、このように頭を下げずとも、金は返せていたはずなのだから。

「………」

「良い物は売れると言う程、商売の世界は甘くないようだな」

……もっとも、商売敵である塩ギルドに情報を流すなど、新しい塩が売れないように手を回したのは私だがな、ククッ。

既得権益の塊である塩ギルドに対して、海水から上質な塩を取り出して売るという行為は、真っ向から喧嘩を売る行為に他ならない。

ならば、ギルドに一言告げるだけで、あとはこの親子を勝手に潰してくれるという寸法だ。

「あいつらが……ギルドの奴らが邪魔をするからじゃない!!」

「マリー、いい加減にしなさい!!」

シドが小娘を窘めるが、収まる気配を見せない。

やれやれ、この小娘には少し灸を据える必要がありそうだ。

「小娘、ギルドがどうとか関係無い。貴様は金を借りた、だから金を返す。それだけだ」

「何よ、あいつらの肩を持つの!?　あいつらがどんな嫌がらせをするか分かるの!?」

知るかそんな物。ギルドの既得権益を侵せば、真っ向から敵対する事ぐらい、自明の理だろう。

「ふん、私には関係の無い事だな」

私は小娘の訴えを鼻で笑い、続けて現実を突きつける。

「……ところで小娘、金を返せなければどうなるか、分かっているのか？」

「そ、それは」

ふん、少しは知っているようだな。

王国では、借金を返せなかった場合には、その身をもって返す事となる。

直接人身売買を行うと外聞が悪いため、一旦は国が債務者を引き取り、その債務を国が支払うのだが、国に引き取られた債務者の末路は悲惨なものだ。

男は鉱山などでの重労働へと従事する事となり、女は国営の娼館などで客を取り、その債務を返済していく事になるのだ。

「ルドルフ様、もう結構でございます。私が開発致しました技術を、金貨五〇〇枚でお譲り致します。それだけの価値はあるはずでございます」

シドが、そう口を挟んだ。

まぁ、交渉の着地点としては妥当な所だな。

シドの商会の規模はそこまで大きい物ではないため、それらを処分しても、精々が金貨五〇枚程度にしかならない。

金貨五〇〇枚分の価値があるとしたら、製塩の技術を差し出すしかないのだ。

「売れない塩を作る技術に、金貨五〇〇枚もの値を付けるとは、吹っかけ過ぎではないか？」

「そのような事はございません、技術は生かすも殺すも、それを扱う人次第でございます。私共には製塩という技術は荷が重かったようで、ルドルフ様が扱うならば莫大な利益を生み出す事でしょう」

確かに、家畜《へいみん》がギルドに楯突こうとするには荷が重いが、貴族である私ならばやりようもある。

どちらにしても、貸し出した金貨以上の価値である事に間違いはない。

「ふん、まあいい。それで買い取ってやろう。…………ヨーゼフ！」

私はヨーゼフを呼び、こいつらから金の卵を毟り取る契約書を用意するように命じた。

――十数分後

無事に、契約書にお互いのサインを交わし、製塩技術を毟り取る事に成功した。

「金貨五〇〇枚分の技術、確かに受け取った」

私の分はヨーゼフが受け取り、彼等の分はシドが受け取る。

そして、シドが借金の証書に手を伸ばした所で、私はサッと証書を回収する。

「ちょっと、何をするのよ！　ちゃんとお金は返したんだから、それは渡しなさいよ！」

馬鹿め！

私が、たかが製塩技術を奪い取るためだけに、わざわざ手を回す訳が無いだろう。

こいつらには、何もかもを失ってもらう必要があるのだ。

食って掛かってくる小娘に、私はこう答えてやった。

「何を言っている、借金は残り金貨一〇〇枚だ」

「…………は？」

私の言葉に、二人は呆然とする。

ククク、いつ返済額が五〇〇枚だと言った？

「ヨーゼフ、こいつらが金を借りたのは、いつだ？」

呆けている二人にも分かるように、わざとらしくヨーゼフに問いかける。

「三年と三日前でございます」

「だそうだが？」

私のその言葉で小娘は我に返り、耳障りな声で喚き散らし始める。

「はぁ!?　何言ってるのよ、三日で金貨一〇〇枚なんてふざけてるの!?」

「三年で金貨五〇〇枚の約束だ。それを過ぎれば利子が発生するのは当然だろう。三日で一〇〇枚？　違うな、三年の次は四年だ。四年で金貨六〇〇枚を返すのだから、中々良心的な内容ではないか」

利子を二割しか取らないのだから、むしろ感謝して欲しいぐらいだ。

「そ、そんなの無茶苦茶じゃない!?」

なんとでも言え、結局は金を返せなかったこいつらが悪いのだ。

無茶でもなんでも、家畜《へいみん》が貴族に道理を説く事など出来はしない。

「三年経つ前に返さない貴様らが悪い」

「なら、さっきの契約も無効よ！　金貨五〇〇枚なんかじゃ売らないわ！」

そう小娘が噛みついてくるが、想定済みだ。

「はあ？　何を言っているのだ？　ここには、父親のサインもある。貴様も商売人の端くれなら、この意味が分かるだろ」

フハハハ、何のために契約書を作ったと思っているのだ？

貴様らの最後の切札である製塩技術を奪い取るためだ。

「…………そんな、そんなのあんまりよ」

ようやく自分の立場が分かったのか、小娘は、青菜が萎れていくかのように、力なく椅子にもたれ掛かる。

「……ルドルフ様。あなた、初めから仕組んでいましたね？」

いつ我に返ったのか、シドが静かに口を開いた。

「ククク、何の事だ？」

「ギルドに情報が渡るのがいくら何でも早過ぎましたし、商売の妨害をするにしても手回しが良過ぎました。今思えば、ルドルフ様の関与があったなら納得ができます」

「だったらどうだと言うのかね？」

ククク、今更それが分かった所で何だと言うのかね。

貴様らにできる事など、もう何も無い。

既にまな板の上に乗せられ、あとは料理されるのを待つだけだというのに。

「……何が望みですか？」

シドが短く呟く。

「ほう？　少しは頭が回るようだな？　流石、製塩技術の開発者」

「茶化さないで下さい」

それを知った所で、何か変わるわけでもないだろうに。

まぁ良い、茶番に付き合ってやろう。

「ふん、商会ごと巻き上げるつもりだったが、……気が変わった。貴様自身と、そこの娘に金貨一〇〇枚の値を付けよう」

当初は、商会ごと抱き込むつもりだったが、良く考えれば、貴族たる私が貧乏商会で家畜《へいみん》を相手に頭を下げて小銭を稼ぐなど、性に合わん。

「私と、娘を買うのですか？　私はともかく、娘までとはどういう事でしょう？」

シドはだらしなく見えるが、その頭脳は優秀で価値がある。

その娘も、それなりに器量が良くおまけに気が強い。

特に娘の方は、そういった筋の紳士には受けが良さそうで、高い値が付くだろう。

「貴様にはその頭で、そこの小娘には、その身体で稼いで貰う」

「ひぃ！」

萎れていた小娘に視線を向けると、さっきまでの威勢はどうしたのか、ひどく怯えた様子を見せる。

「安心したまえ、そこらの娼館に売り飛ばす訳ではない。きちんとした場所で、紳士の相手をしてもらうだけだ。ククク、むしろ光栄に思いたまえ」

まぁ、世の中には色んな趣味嗜好を持った紳士がいるがな。

小さいのが良かったり、気が強いのが良かったりと、特に貴族にはそういった紳士が多いと聞く。

……私には全く理解できない世界だな。

「………そんな、一体私に何をさせるの？」

小娘は何を想像したのだろうか、顔を青くしている。

「ルドルフ様！　あなたは、私達親子をどうするおつもりですか!?」

「知れた事を！　借金を払えず国の奴隷となるか、私に仕えるかさっさと選べ！」

シドが問いかけるも、私はそれを一蹴して選択を迫る。

茶番は終わりだ。

どちらにせよ、貴様らの選択肢は多くはない。

借金を返せない以上、身を売る事は決まっている。

「……ルドルフ様にお仕え致します」

国の奴隷となって酷使されるか、私の奴隷となって良い生活をするか……考えるまでもない事だ。

「ふん、最初からそうすればいいのだ。ヨーゼフ、二人を連れていけ」

「かしこまりました。それではお二人共、付いてきて下さい」

ヨーゼフはいつも通りの口調で話しかけ、シドと小娘を別室へと連れていく。

「嫌よ、そんなの嫌ぁぁぁぁ」

廊下に小娘の叫びが響いたが、私にはそれが売られていく家畜の鳴き声のように聞こえてしまい、笑いが込み上げてくる。

フハハハハハ！

小娘が生意気を言うからこうなるのだ。

これに懲りたら、もう少し口を慎むのだな。

……まぁ、そんな機会がこの先あればだがな、クハハハハハ！

さて、首尾良く事は運んだ。

あとは、塩ギルドの連中に製塩技術を、精々高く売り付けてやるとしよう。

なに、嫌とは言わせないさ。

もしそうすれば、私が上質な塩を売りさばいて、その利権を侵し始めるのだ。

それを少々の金で済まそうというのだから、感謝して欲しいものだな。

……ふむ、そうだな、金貨五千枚ぐらいで勘弁してやるとしようか。

フハハハハハ！

全く、私の商才は凄まじいな。

金貨三〇〇枚を、五千枚に変えるだけでなく、優秀な人材も手に入れた。

小娘？……まぁ、あいつはおまけだ。

精々、借金分の絶望を女神様に捧げるがいいさ。

ククククッ、借金で身を売る娘と、それをどうする事もできない父親の感情は、どれ程のものだろうか？

さぁ女神様、奴等の苦悩をとくと御賞味下さいませ。

クックックッ、フハハハハ、アーハッハッハッハ！

田舎貴族の華麗なる一日

私の名はジャック＝ジャガトラ。

小さな村をいくつか治める地方貴族だ。

私の治める村は、主に農作物を生産しており、都市部への食料供給の一翼を担っている。

しかし今年は不作だったため、村は危機を迎えていた。

取れた作物を国へ納めてしまえば、自身らの食べる分が無くなってしまうからだ。

そのため、近隣一帯を取りまとめているモロー伯爵に、食料を分けて頂けるよう申し入れたが、王国全体が不作で麦の相場も上がっており、領民の胃を満たす分を確保するためには、二〇〇枚もの金貨が必要との事だ。

はっきり言って足下を見られている。

いくら貴族といえども、私ぐらいの規模の家にそんな額の蓄えがあるはずもない。

それはモロー伯爵も分かっているはずだ。

つまりモロー伯爵は、足りない金額の分だけ何かを差し出せと言っているのだ。

特に大きな利権も無い私の領地から差し出せる物と言えば、領民ぐらいしか無い。

大抵の領地では、飢饉などの時には口減らしのため、余裕のある所に奉公という名目で売られていくそうだが、私はその様な事を認めたくはない。

王国法で定められているからではない。

人が、奴隷としてその人生を他者に束縛されるなどあってはならない事だ！

……ただ現状、誇りを売らねば餓死する未来しかない。

私は一縷の望みをかけ、ファーゼスト家を頼る事を決めた。

あの家は最果ての辺境にあり、土地が痩せているにも拘わらず餓えとは無縁と聞く。

おまけに、悪い噂は聞こえてこない。

ひょっとしたら、私のような小さな家に対しても助力を頂けるかもしれないと思ったのだ。

爵位に差があるため、何の縁も無い私が直接訪問するのは失礼にあたり、社交界では冷たい目で見られる事にはなるが、私は所詮田舎領主。

そもそも社交界で失うべき外聞などない。

そう思って、遠い辺境の地にまでやって来たのだが、実際に対面したファーゼスト家の当主の対応は、にべもないものだった。

当然と言えば当然か。

相手にも治めるべき土地と民があり、その血税を他家に無償で提供するなど、できるはずがない。

噂を聞いて、勝手に聖人君子だと勘違いしていたのだ。

「ふん、貴様の領地の事だ。責任は貴様が持つべきものだろ」

「…………」

彼のその言葉で、ようやく私は冷静になる事ができた。

何故私は何の考えもなく、貴重な時間を費やしてまでファーゼストに足を運んだのだろうか。

自身の不甲斐なさで頭が一杯だったからだろうか？

頼るべきモロー伯爵に、領民を差し出せと言われ頭に血が上っていたからだろうか？

……分からない。

あの時は、気が動転していて冷静ではなかった。

ファーゼストに来れば、噂に名高い名領主が救ってくれると本気で信じていた。

もしかしたら、悪魔か何かが私にそう囁いたのかもしれない。

そんな私の苦悩を余所に、目の前の男は何かを思い付いたのか、不敵な笑みを浮かべて口を開く。

「そうだ、いい案を思い付いた。ドクイモなら我が領にも沢山ある。それで餓えを凌いではいかがか？」

「ドクイモだと？」

この男は、ドクイモと言ったか？

正気か!?

毒を持ち、地方によっては悪魔の植物とも言われるドクイモを食せと言うのか!?

「食べられない物でもないだろう？」

確かに、確かに食べられない物ではない。

気を付けて食べれば腹痛ぐらいで済むかもしれんが、アレは家畜の餌だ。
「ぐぬぬ……」
果たして我が領民は、そうまでして生き長らえたいと思うだろうか？
分からぬ。
私は領主として、この提案を受けるべきなのだろうか……
悩む私に、目の前の男はこう呟いた。
「冬を越せない家畜は、潰すしかなかろう。潰すかどうか、貴様の好きにするがいい」
それは悪魔の囁きだったのかもしれない。
潰す？
我が民を家畜のように他家へ出荷するというのか？
モロー伯爵が言ったように、民を差し出して生き長らえようというのか？
そんな事が認められるか！
そんな事をさせるものか！
この時、私は覚悟を決めた。
我が民に何と思われようが構わない、何と罵倒されようが構わない。
餓えで死なすぐらいなら、他家に売るぐらいなら、私は豚の餌を食えと民に命じよう。
我が民の明日を守れるのならば、私は喜んで命じよう。
「………それ以外に方法は無いか。ルドルフ辺境伯、お願いできますかな？」

私は、これから自身に向けられる罵声を思い浮かべながら、そう言った。

「ドクイモは、我が領でも処分に困っていたところだ。格安で譲ろう。……ヨーゼフ、後は任せる」

「はっ、お任せ下さいませ。それでは別室にてご案内をさせて頂きます。どうぞこちらへ」

そう言って先導する家令の後に続いて、私は部屋を去る。

辺境の館とは思えない程の長い廊下を歩いて数分もした頃、ようやく自身に充てられたであろう客室に到着した。

そこは、私程度の田舎貴族には、勿体無い程の豪華な部屋であったが、これでもファーゼスト家の中では最低限の部屋なのであろう。

私がファーゼスト家の財力について改めて驚かされていると、ここまで案内してくれた家令が声を掛けてきた。

「ルドルフ様のお噂を頼りにしていたのに、当てが外れた……そうお考えでしたか？」

不意を突かれたその言葉にドキリとする。

「ルドルフ様にも、きっと深い考えがあっての対応だと思われます」

ふん、あの振る舞いの裏に、どんな思惑があるというのだ。

「それに、ドクイモの食し方についてであれば、少々お教えできる事がございます。一度、それをお試し頂けませぬか？」

「ドクイモの食べ方とな？」

ルドルフ辺境伯の態度はさておき、ドクイモについては興味が引かれる。

この者たちは、豚の餌をわざわざ調理した事があるというのか？

「はい。今でこそファーゼスト領は豊かで食べる物に困りませんが、私が若い頃などは、ドクイモで餓えをしのぐ事など日常茶飯事でした。ですので、ドクイモの調理などはお手の物でございます」

それは興味深い話だ。

この豊かなファーゼスト領の裏に、その様な歴史があったとは。

これは、ドクイモを食えと言わねばならない私に対する心配りであろうか？

とにかく有り難い事である。

そんな事を考えていると、誰かが部屋を訪れる気配があった。

コンコンコン
部屋がノックされ、続いて一人のメイドがカートを引いて姿を現す。

「私どもが、普段食べている物ではございますが、どうぞお試し下さい」

家令はそう言うと、目の前の机に皿を次々と並べていく。

潰されたドクイモが、白い山の様に盛られている物。

ざく切りにしたドクイモを油で揚げた物。

薄くスライスして油で揚げた物など、様々なバリエーションの物が用意されていった。

うーむ、豚の餌とは言え、こうして皿に盛られていると普通の食卓のようだ。

「どれ、一つ頂こうか………」

だが、所詮は豚の餌。

どれだけ取り繕っても、人間が口にする作物ではない。

私は恐る恐るといった手つきで、白い山のようになっているそれに手を出した。

――口に入れた瞬間衝撃が走る。

な、なんだ、これは!!

口の中に広がるこの満足感。

ホクホクとした食感の中に感じる微かなスパイス。

ただ塩と胡椒で味を付けただけの物が、何故こうも腹を満たすのか。

油で揚げた物も旨い！

外はカリカリとしているにも拘わらず、中はホクホクとしており、ドクイモの持つ甘みと振りかけられた塩とが絶妙のバランスを取っている。

薄切りにしたドクイモは、その食感が堪らない。

噛むたびにパリパリ、ザクザクと心地よい音を立て、口の中に広がる塩味と合わさって、幾らでも食べられそうだ。

気が付けば、皿に盛られていた料理はすっかり消え去ってしまい、私の腹は満足そうに膨らんでいた。

これが豚の餌だと？　貴族の食卓に上ってもおかしくない味ではないか!?

私でさえ、手が止まらなかったのだ。

この味で、領民が不満を持つなどあり得ない。

……だが惜しい。これで毒さえなければ、一体どれだけの民が飢饉から救われるだろうか。

そう嘆く私に、一枚の紙がスッと差し出された。

「ジャック様、ドクイモの毒性部位の除去についてこちらに記しておきました。料理長自ら書き記した物ですので、間違いはございません」

なんと!?

ドクイモから毒性部位を取り除けるというのか!?

あの味で毒性が無く、更には栽培も容易とくれば、この芋は王国全体の飢饉を救うのではないか!?

何故、これほどの作物が豚の餌とされ、食用としては見向きもされないのか。

うぬぬ、偏見とは恐ろしいものだ。

ちょっとした思い込みで、こんな作物が側にある事に今まで気が付かなかったのだから。

そこまで考えて、はたと気が付く。

侍従が知っている事を、主人であるルドルフ辺境伯が知らなかっただろうか?

王国の麒麟児と言われるルドルフ辺境伯が、自身の膝元で食されている物を知らないなど、あり得ないのではないか?

ならば、彼はあのような振る舞いをしながら、この作物を私に預けようとしてくれた事になる。

考えろ、考えるのだ。

あの家令が言ったように、これにはきっと深い訳があるはずだ。

何故だ、何故彼は自分の口からは語らず、このように遠回しに私に伝えようとしているのか。

……そうか！　モロー伯爵か!?

私の領地は、モロー伯爵の領地のすぐそば。

モロー伯爵に断られた支援を、ファーゼスト家がしたとあっては、伯爵家の面目は丸潰れ。

それを避けるためにも、あのような態度で私を遠ざけたのか。

支援の内容も豚の餌であるドクイモだ、同情は集めても恨みは集めない。

……ハッ!?　それだけではない！

我が領の産業は、農業がその中心である。

栽培が容易なドクイモを増やすなど造作もない。

この作物を王国中に広めれば、飢饉を救える。

つまり私は、ルドルフ辺境伯から、その大任を任されたのではないか!?

成る程、そう考えてみれば、確かにこの地は辺境のため市場に物を卸すには距離がありすぎる。

また、荒れ地ばかりのため、恒常的に大量の作物を作り続けるには不向きだ。

その点、我が領なら作物を大量に生産するノウハウもあるし、普段から都市部に食料を卸しているため、市場にも問題無く流す事もできる。

考えれば考えるほど、ルドルフ辺境伯の深い考えが見えてくる。

あのような態度を取ってまで、王国を救おうとするその姿。

このジャック＝ジャガトラ感服致しました！

我が名に懸けて、必ずやドクイモを王国に広めてみせましょう。

「ジャック様、ドクイモにつきましては、明日の朝に馬車に積んでご用意致します」

「ああ、助かる。私のするべき事も見えたし、有意義な時間を過ごせた」

「それはようございました。それでは私どもは失礼致します、ごゆっくりとお休み下さいませ」

そう言って、去って行く家令を尻目に、私はこれからの事を思案する。

いかにして、ドクイモを広めていくのか。

まずはその名前を変えてしまおう。

もう毒は無いのだから、『ドクイモ』はおかしい。

そうだな、ジャガトラ産の芋で『ジャガイモ』と名付けよう。味は確かなのだから、皆の偏見さえ無くなれば、瞬く間に広まっていくだろう。

まずは我が領内からだ。

なぁに、他に食べるものは無いのだから、皆喜んで食べるだろう。

それから都市部に流し、屋台や料理屋に売り込んでいき、ゆくゆくは王国中にジャガイモを広めていくのだ！

そう心に誓う。

そして私は、このような幸運に巡り会えた事を神に感謝した。

ファーゼストにやってこられた幸運を、運命の女神に感謝した。

神は私を見捨ててはいなかったのだ。

そうだ、あの時私に囁いたのは悪魔なんかでは無い。

きっと運命の女神様が、ファーゼストに行けと私を導いて下さったに違いない！

誇りを失わずに領民を守れた事を、悪人風の領主と、どこかに存在する女神様に深く深く感謝をするのだった。

発明家シドの華麗なる一日

私の名はシド、しがない発明家だ。

私の家系は代々好奇心が旺盛な者が多く、冒険家だったり学者だったりと、とにかく新しい物が大好きな一族だ。

私も例に漏れず、幼い頃から御先祖様が残した様々な物を見てきた事もあり、未知の物の虜になっていた。

ある時私は、好奇心から家の物置を漁っていた時に、とある書物を発見した。

見知らぬ文字で記されたその書物は、建国の英雄の一人、大賢者イトウが残した物と酷似しており、彼が残した書物だと推測される。

その事に気が付くと、私は歓喜した。

何故ならば、イトウは異世界出身であり、様々な事柄を書物にまとめて残したとされるからだ。

異世界。

何と心惹かれる言葉であろうか？

かの世界では、男性はある一定の条件を満たせば、皆魔法を使う事ができたそうだ。

『いんたーねっと』なる物質のおかげでありとあらゆる知識が手に入り、数多くの『神』が現世に降臨されるという、まるで楽園のような世界。

それが、イトウの住んでいた世界だ。

そして、その異世界の事が記されている書物が目の前にあるのだ。

それで平然としていられる方が間違っている。

幸いにも、イトウの書物は研究がある程度進んでおり、『ヒラガナ』と『カタカナ』は読み解く事ができたため、我が家で発見された書物の題名も読む事ができた。

《ラグナロク・レポート《終焉の審判》》

表紙には、そう銘打ってあった。

解読は難航を極めたが、この書物は『内政チート』なる物についても記載されており、解読できた部分を利用して、私はそれなりの財を築き上げる事に成功した。

そして私はその財を利用して、資金繰りに困っていたそこその規模の商会を抱き込んだ。

私自身が研究に没頭するためには、金を生み出し続ける装置が必要だったからだ。

そして、その事は私に嬉しい副産物を運んでくれた。

それは妻との出会いである。

抱き込んだ商会は、私が提供した資金の担保にと娘を差し出してきたのだが、これが思った以上に気が合った。

少々お転婆な所もあったが、理知的で優しく、そして気が利いた。

何よりも私の世話を任せられるという事が一番良かった。

研究第一の私にとって、それ以外の事を任せられるというのは、何よりも有り難い事なのである。

私が書物から得られた知識を形にし、妻がそれらを金に換えていく。

本当は、商売にならない事に対しても研究をしたかったのだが、娘のマリーも生まれ、商会で働いている人々も養わなければならないため、多少は諦めた。

まあ、金になる部分だけだとしても、研究のみに没頭していられる今の環境は、それなりに恵まれているのだ。

これ以上を求めては罰が当たる。

そんな生活を送っていた時である。

私は研究していた《ラグナロク・レポート》の中から製塩技術に関する記載を発見したのである。

初めは、よく分からないイラストに解読できない文字が書かれているだけであったのだが、『ニホン語』の解読が進むにつれ、それが海水から塩を取り出す技術である事が判明したのである。

海水から作られた塩は不味い。

それは、この王国の常識だ。

だが、《ラグナロク・レポート》には、海水から『ニガリ』なるものを除去し、上質な塩を取り出す技術が記載されていたのだ。

この技術は金になる。

もし上手くいけば、一生研究のみに没頭しても、お釣りがくるぐらいの金が手に入るのだ。

さっそく、小規模な実験を行った所、問題なく塩を作る事ができた。

喜び勇んで妻にこの事を話した所、これらの施設を作るには、場所の確保等も含めて金貨三〇〇枚もの資金が必要との試算が出てきた。

私は妻と相談した結果、この資金をファーゼスト家から借り入れる事を決めた。

かの家は、様々な分野に出資をしており、もしその眼鏡に適い出資を受けられたなら、成功は間違いないとも言われているからだ。

結果、私達は見事に出資を受ける事に成功した。

最終的には金貨五〇〇枚もの借金を負う事になったが、製塩が軌道に乗れば、そんな額とは文字通り桁の違う額が稼ぎ出せる。

そう思い、設備を整え製塩を開始した。

すぐに、借金など返せる。

そう思っていた。

そう考えていた。


しかし、現実はそんなに甘くなかった。


どこから聞き付けて来たのか、岩塩で利益を得ている塩ギルドからの横槍が入ったのだ。

彼らは、既得権益を侵す私達を潰しにきたのだ。

まず、彼らの手回しによって卸し先の業者が手を引いた。

大口の卸し先を失った私達は、それでも売り込み続けたが、塩ギルドと正面から敵対したい商人がいる筈もなく、私達は孤立してしまったのだ。

何故だ!?

あのファーゼスト家の眼鏡に適い、始めた商売が何故こうも上手くいかないのだ!

ファーゼスト家の影が見えているのに手を出してくるという事は、この技術がそれ程までに脅威という事か?

私は、虎の尾を踏んだ事に、今更になって気が付いたのである。

本気になった塩ギルドは、方々に手を回し、私達が直接販売する分に対しても邪魔をし始め、現状、全くと言っていいほど塩は売れていない。

そして、そうこうしている内に、三年の月日が流れてしまった。

私は今、ファーゼスト家に足を運び、その当主と向かい合っている。

交渉の結果、製塩技術は手放す事になってしまったが、まだやり直せる。

三年の時は失ったが、マイナスになった訳ではない、ゼロに戻っただけなのだ。

そう考えていた私に、ルドルフ様はこう宣告したのだった。

「何を言っている、借金は残り金貨一〇〇枚だ」

「…………は？」

開いた口が塞がらないとはこの事だろうか。

「ヨーゼフ、こいつらが金を借りたのは、いつだ？」

「三年と三日前でございます」

「だそうだが？」

三日で金貨一〇〇枚とはなんの冗談であろうか。

何を言われているのかさっぱり分からない。

隣でマリーがルドルフ様に食って掛かっている事にも気付かず、私は思考に耽った。

三日で金貨一〇〇枚とは、あまりに暴利。

そして、あまりにも無理がある理屈だ。

この様子を見るに、私達がもう少し早く到着していたとしても、きっと、何かしら口実を得て同様の結果になったに違いない。

確かに平民が貴族に訴え出たところで、一蹴されるだけである。

平民の道理は貴族に通じないのが常だ。

だが、今目の前にいるのは、あのルドルフ＝ファーゼスト辺境伯。

彼が、全くの考えなしにこんな事をする訳がない。

きっと何かしらの思惑があっての事だろうが、一体彼は何を考えて、私達に出資をしたのだろうか。

この結果に導くため？

私達に借金を負わせるのが目的だった？

そう考えると、辻褄が合ってくる。

彼が初めから関わっていたと考えれば、全て話が繋がるではないか。

「……ルドルフ様。あなた、初めから仕組んでいましたね？」

「ククク、何の事だ？」

「ギルドに情報が渡るのがいくら何でも早過ぎましたし、商売の妨害をするにしても手回しが良過ぎました。今思えば、ルドルフ様の関与があったなら納得ができます」

「だったらどうだと言うのかね？」

そう、それが分からないのだ。

これはもう、直接聞くしか無いだろう。

「……何が望みですか？」

「ほう？　少しは頭が回るようだな？　流石、製塩技術の開発者」

「茶化さないで下さい」

「ふん、商会ごと巻き上げるつもりだったが、……気が変わった。貴様自身と、そこの娘に金貨一〇〇枚の値を付けよう」

成る程、私と商会を手に入れるのが目的だったのか。

確かに、あの《ラグナロク・レポート》から得られる知識は有用過ぎる。

どうやってその存在を知ったのかは分からないが、それを手に入れたいのなら納得がいく。

「私と、娘を買うのですか？　私はともかく、娘まで とはどういう事でしょう？」

だが、それなら私だけでいいはず。

娘までとは、一体どういう事だろうか？

「貴様にはその頭で、そこの小娘には、その身体で稼いで貰う」

「ひぃ！」

「安心したまえ、そこらの娼館に売り飛ばす訳ではない。きちんとした場所で、紳士の相手をしてもらうだけだ。ククク ッ、むしろ光栄に思いたまえ」

ななな、なんて事を言うのだこの人は！

そんな言い方をしたら、娘が勘違いするでしょう!!

「…………そんな、一体私に何をさせるの？」

「ルドルフ様！　あなたは、私達親子をどうするおつもりですか!?」

「知れた事を！　借金を払えず国の奴隷となるか、私に仕えるかさっさと選べ！」

つまりマリーと一緒に、このファーゼスト家に仕えろという事である。

少々強引ではあるが、高名なファーゼスト家に召し抱えられたと考えれば、光栄な事である。

おまけにマリーも、何かしらの才能を見出されたようで、将来を約束されたようなものだ。

商会の方もそう悪いようにはされないはずだ。

「……ルドルフ様にお仕え致します」

借金の事もあり、私が選べる道は一つしかない。

「ふん、最初からそうすればいいのだ。ヨーゼフ、二人を連れていけ」

「かしこまりました。それではお二人共、付いてきて下さい」

「嫌よ、そんなの嫌ぁぁぁぁ」

ところで、なんでマリーはさっきからこんなに嫌がっているのだ？

……あれ？

私、マリーにファーゼスト家の事を教えたっけ？

…………まぁいいか。

どうせ後で分かる事だ。

こうして私達は、ファーゼスト家に仕える事になったのだ。

いや〜、ここは本当に素晴らしい。

食事は出てくるし、面倒事もなく、研究のみに没頭する事ができる。

以前は商会の事もあり、利益を求めた開発を行ってきたが、ここでは好きなだけ自分の好きな研究をする事ができる。

何という素晴らしい環境だろうか。

こんな仕事を頂けるのなら、あんな回りくどい事をせずに、直接言ってくれれば喜んで仕えたのに。

まあ、貴族の世界には良く分からないしがらみ等があるのでしょう。

結局あの後、製塩技術は塩ギルドに売り渡されてしまったそうだが、その結果、上質な塩が安価で出回るようになり、今までは行き渡らなかったような僻地にも、十分な量の塩が回るようになった。

岩塩と海水塩を取り扱う事になった塩ギルドも、結果として利益を上げる事に成功したのだ。

また、妻が経営する商会も塩ギルドに組み込まれ、一時のわだかまりはあったものの、十分な利益を受けているそうだ。

私達が持っていた時は争いの種にしかならなかった製塩技術だったが、扱う人次第でこうも結果に違いが出るとは。

私は、自身の研究の事しか考えていなかったが、ルドルフ様は王国中の生活を一変させてしまったのだ。

特に、今まで塩が足りずに死活問題だった僻地の住人は、ファーゼスト家に対して、並々ならぬ感謝をしていると聞く。

私達があのまま塩を販売していたとしても、彼らの生活を救う事はできなかったであろう。

借金を無理矢理背負わされた時はどうなる事かと思ったが、やはり『麒麟児』の名は伊達ではないらしい。

私達から出資の要請を受けた時点で、この絵を描いていたとしたら、彼はどれだけ先を見据えているのか。

私には、『麒麟児』と言われる人物がどのような世界を見ているかは想像も付かないが、私の手元にある《ラグナロク・レポート》によって、彼はどのような世界を見せてくれるのだろうか。

年甲斐もなくワクワクとしてしまうのは、好奇心旺盛な一族の血を引いているからだろうか？

まだ見ぬ新しい世界に思いを馳せ、私は手元の《ラグナロク・レポート》の解読に勤しむのだった。


はて、何かを忘れているような気がするが…………一体何だったたであろうか？

マリーの憂鬱なる一日

いやぁ、もうダメ。

ムリムリ！　もうこれ以上入らないからぁ！

ダメ、ダメなの。

そんなにいっぱい詰め込めないで！

は、初めてなんだから分からなくて当たり前でしょ！

えっ、こんなに小さい子にも同じ事をさせてるの？

う、嘘でしょ!?

あなた達、一体何を考えているの!?


マリーは、ファーゼスト家に連れてこられて以来、教育という名の拷問を受け、紳士を相手にするために、日々様々な事を教え込まれていた。

商会の娘という事で、ある程度の教養があると自負していたマリーだったが、ファーゼスト家で行われる教育は全くの未知の物。

初めての事で上手く行かず叱責を受けたり、酷い時には鞭が飛んでくるような事もあった。

それもこれも、売られて行く先々で、紳士の相手をきちんと務めるため。

マリーが泣こうが喚こうが、無理矢理にでも教え込まれているのだ。

借金によって身を落とされ、悲嘆に暮れるマリーだったが、ここでは我が身の不幸を嘆く暇など無い。

入れ替わり立ち替わり、次から次へと、様々な人物によってその身体に教育が施される。

もう今までと同じ、ただの村娘ではいられない。

そう、マリーはファーゼスト家によって、立派な大人の女性へと作り替えられるのだ。

今日もまた、嫌がるマリーを前に、一人の男性が相手をするのだった。


私の名は……まぁ、何でもいいでしょう。

ルドルフ様との出会いによって、人生を変えられた人間なんて、山程います。

私は、そんなどこにでもいる人間の内の一人で、王都でちょっとした娼館を営んでいる者です。

今日は、人材の下見などをするために、遠路はるばるファーゼスト領までやってきました。

ルドルフ様の屋敷を訪れると、いつものように家令のヨーゼフが対応をしてくれ、屋敷を案内してくれます。

彼とは、もう何年の付き合いになるでしょうか。

何も言わなくても、私が何をしに来たのかを察してくれます。

さて、私の経営する娼館は、他にない一風変わったサービスを提供するのが売りで、王都では、それはもう大変な評判を頂いています。

今日は、もうじきスタッフに欠員が出るため、それを補うためにもこうして足を運んだのですが、ヨーゼフさんの話によると、ルドルフ様が直々に目を掛けられた逸材がいるとの事です。

あの方のお眼鏡に適ったという事は、相当な資質をお持ちなのでしょう、これは期待ができそうですね。

長く続く廊下を案内される中、ふと、この地を初めて訪れた時の事を思い出しました。


そもそも、私の店がこれほどまでに繁盛しているのも、この地にやって来たのが始まりでした。

当時の私は、ごく一般的な普通の娼館を営む経営者でした。

勿論、国の認可を受けて国から引き渡される者を扱う、真っ当な店舗を経営していたのですが、どこか娼館の在り方に疑問を抱いていました。

というのも、私自身が娼館の生まれで、幼い頃からその有り様を見て育ったからでしょう。

娼館の存在そのものは、社会にとって無くてはならない物。

利用する者にとっては勿論の事、そこで働く者にとってもある種のセーフティネットになっているからです。

他に働き口がなく、身を売らざるを得ない者。

どうしようもない借金のために身を落とす者。

どちらにしても、王国がきちんと目を光らせているから生きていけるのですが、そこから幸せを摑む者は殆どいないのが現状です。

娼館に通う者の中には、稀にではありますが娼婦を身請けする者もおり、そうして娼館を巣立っていった者は幸せに暮らしていると聞きます。

なので私の経営していた娼館では、なるべく客を選んで身請けするだけの経済力のある人物をターゲットに営業をしていたのですが、それでも身請けしていく人はそれほど多くはありません。

それでもなお、幸せになれる人が増えるのならと、営業を続けていたのです。


そんな折に、私はルドルフ様と出会いました。

あれは、店の売り込みをするために、色々と渡り歩いていた時の事です。

ひょんな事から、ファーゼスト家を訪れる機会があったのですが、偶然にもルドルフ様の予定が合わず、半日ほど待たされる事があったのです。

待たされると聞いた時は、用意された部屋に籠もって旅の疲れを癒そうと考えていたのですが、私の対応をするためにと付けられたメイドのおかげで、私の思惑は外れました。

特別な事をされた訳ではありません。

飲み物を用意してくれたり、話し相手になってくれたりと、只々時間を持て余した私の相手をしてくれただけです。

ですが、会話にのめり込むあまり、つい店の事や私自身の身の上の事など、喋るつもりのない事まで話し込んでしまい、気が付けば半日という時間が過ぎてしまっていたのでした。

あまりにも心地好い時間だったためか、それが終わってしまうのが惜しいとさえ思ったぐらいです。

閃いたのはその時です。


娼館にやってくる者達は、何を求めて来るのか。

欲望の吐け口を求めてやってくるのか？

いえ違います。

少なくとも私の店にやってくる方々にはそんな客はおりません。

彼らは、私の店に心の充足を求めて足を運ぶのです。

後でルドルフ様にお目通りが叶った時、私は娼館の未来について語りました。

ただ店の売り込みをしに来ただけのはずが、気が付けば新しい娼館の形について語り、そして気が付けばファーゼスト家の協力を取り付けていました。

あの時のルドルフ様の一言は、今でもはっきりと覚えています。

「家畜に幸せになる権利などない、幸せになっていいのは人間だけだ」

そう、いくら身を落としたとはいえ、彼女たちは人間なのです。

ただ身を売るだけでは家畜と何ら変わりがない。

だからこそ、私は自らの手で幸せを摑む事ができる、そんな店を作りたかったのです。

そうして出来上がったのが、今の私の店『紳士倶楽部』です。

そこは紳士達に充実した時間を提供する社交の場。

様々な芸事で男達の心を癒すという、まったく新しい形の娼館。

そこでは様々な教養を身に付けた女が、時には慰め、時には叱りつけ、時には友人として、時には相談相手として紳士達を支えるのです。

勿論そんな場で肌を重ねるなど言語道断、彼女達の心を射止め、身請けをするのでなければ手出しはさせません。

この店は紳士達の集う社交の場なのですから。

そして今では、噂が噂を呼び、貴き方々も愛用する本当の意味での紳士達の社交場となりました。

勿論、貴き方々のお相手を務めるには様々な教養が必要です。

テーブルマナーから言葉遣い、身だしなみから佇まい等は勿論。

語学、数学、理科、政治などなど、やって来るお客様の期待に応えるには、多方面での高度な知識や、高い接客スキルが要求されます。

そしてそれらを十分に会得している人材は、ここファーゼスト家にしかおりません。

現在の『紳士倶楽部』では、他のスタッフも育ってきたため、ファーゼスト家の人材に頼らなくても何とか店を回せるまでにはなってきましたが、やはり店のNO．1スタッフはファーゼスト家の人材でした。

今度そのスタッフが、とある貴き方の下に嫁ぐ事が決まったので、今日はその報告をするついでに後任のスタッフも紹介してもらおうと、ファーゼスト家にやって来たのです。

「ヨーゼフさん、あの子ですか?」

「はい、先日教育を始めたばかりなので、一年程度の教育期間を経てからの引き渡しになりますな」

案内された部屋を覗くと、そこでは二人の少女が、教師役の侍従を前に算術の勉強をしていました。

一人はまだ、一〇歳にも満たないような幼子だったため、もう一人が件の少女なのでしょう。なかなか気の強そうな子ですが、自分よりもかなり小さい子供が同じ問題を難なく解いているのを横目に涙目になっています。

「気の強そうな子ですね」

「ええ。なんとルドルフ様にすら食ってかかる程の気の強さです」

なんと、王国の麒麟児と名高いルドルフ様に対して食ってかかるとは。

「成る程、逸材ですね」

紳士達が集う『紳士倶楽部』ですが、政治を担うという方々の中には、その激務のせいか変わった趣味を持つお方も少なくありません。

例えば、年端も行かない少女に罵られる事でストレスを発散させたり。

例えば、少女が涙目になっている姿に悦びを感じたり。

例えば、幼児の様な扱いを受ける事で充足感を得たり。

『紳士倶楽部』には、普通の接客では満足されない紳士も数多く足を運ばれるのです。

それがどうでしょう。

この少女は王国の中でも有名な、あのルドルフ様にすら噛みついたというではありませんか。

それならば、私の店にやって来る紳士達に気後れするという事はないでしょう。

その上、涙目になりながらも虚勢を張ろうとするあの姿。

そういった趣味の無い私ですら、意地悪をしたくなる気持ちがムクムクと湧いてきます。

「ヨーゼフさん、彼女はそう遠くない将来、私の店でＮＯ．１のスタッフとなっている事でしょう。

あと二年程度でしたね、期待して待っています」

勉強で頭を一杯にさせている少女を横目に、私はその場を立ち去りました。

さて、これからルドルフ様には、今度結婚するスタッフについて報告せねばなりません。

私は気持ちを切り替えて、ルドルフ様との面談に臨むのでした。

とある悪魔の華麗なる？一日

「だんご♪だんご♪だんご♪だんご♪だんご……え〜っと、美味しそう♪　じゃったか？」

薄暗い空間に、どこか凛とした歌声が響き渡る。

だが、それを聞く者は誰もいない。

ここは、ファーゼスト家の中でも、限られた者しか存在を知らない地下空間。

そこには歌声の持ち主である悪魔以外、誰一人として存在しない。

良ぇのぉ〜、良ぇのぉ〜。

え〜っと、この『ケイ?』とかが制作した『蔵人?《クランド》』とかいう作品は面白いのぉ。

妾、悪魔だというのにホロリとしてしまったわい。

「さぁ〜て、次は何をしようかのぉ…………」

遥か昔に神々の手によって封印されて以来、時間だけは有り余っていた。

長きに亘る封印生活で暇を持て余すようになり、最近では、異世界を覗き見るのが日課となってしまったのだ。

封印により弱まったとは言え、大悪魔としての力を以てすれば、封印の外はおろか異世界の様子を覗く事など造作もない。

こうして、暇潰しに様々な世界を覗いている内に、悪魔はとある世界にドップリハマってしまったのである。

にしてもこの異世界は凄いのぉ、一つの世界の中にもう一つの仮想世界を作るとは。

その名も『ＷＷＷ』。

ブフッ、なんというネームセンス。

名付け親は何故この名前を付けたし。

本当に草生えるのぉ。

それにしても、大悪魔たる妾をここまで魅了するとは、恐るべし『蔵人《クランド》？』。

矮小な人間の癖に、妾の心を鷲摑みにするとは……


けしからん、もっとやるのじゃ！


ふふふ、運命を司る悪魔に目を付けられたのが運の尽き。

今後も妾がその作品を吟味してしんぜよう。

くくく、これで制作会社は、今後も妾に娯楽を提供し続ける事じゃろう、次回作が楽しみじゃ！

さて、次は何をしようかの。

今期の『あにめ』は大体チェックしたし、『なろう』の新着も確認した。『MANGA』も、『WWW』に『あっぷろぅど』されている物はあらかた読み尽くしたし……

そうじゃ！

『ぴーしー』を魔力で疑似的に再現できれば、『えみゅれーた』で『えすえふしー』も遊べる！

（※犯罪です）

念願の、ろまんしんぐなアレもプレイできるのじゃ！

ぬぬぬ、こうしてはおれん、一刻も早く『ぴーしー』を再現せねば！

あれをこうして、これをこうして……
……オーエスってどんな作りをしているのじゃ？
困った時には『ごーぐる先生？』じゃな。
………ふむふむ、成る程。
あとはここをこうして……
ここはこうして………

完成じゃ!!

ふふん、妾の手にかかれば『ぴーしー』の再現なんぞ、朝飯前じゃ！
まっ、妾は飯なんぞ食わんがな。
あとはのんびりと、ろまんしんぐするだけじゃな。
目指せ三地点制覇！

ふん♪ふん♪ふん♪

魔力で作り出した疑似『こんとろーらー』を手に、鼻唄を歌いながら、疑似『ぴーしー』に向かった。
しかしこの時、妾は気が付いていなかった。
今日がどんな日であるかを。
今日は一年に一度、妾を恐怖に叩き込む存在がやって来る日。
その事に気が付いた時には、もうその足音が間近に迫っていたのである。

カツン
カツン
カツン

階段を下りる硬い音が、規則正しいリズムを刻む。
「ひいっ!!」
聞こえてきた音に対して、反射的に悲鳴が上がってしまう。
来る！　ヤツが来てしまう!!
あわわわわ、どうしよう、どうしよう。
すっかり忘れていたのじゃ。
一年なんてあっと言う間じゃから、全く気が付かなかった。

カツン
カツン
カツン

そう言えば、昨日は外がガヤガヤとうるさくて、『あにめ』に集中出来なかったが、アレは収穫祭じゃったか！

しまったのじゃ!!

そうと分かっていれば、もっと心の準備ができていたのに。

カツン
カツン
カツン

はっ、そうじゃ。

とりあえずこの疑似『ぴーしー』を隠さねば！

ええっと、あぁっと、とりあえず枕の下に突っ込むのじゃ!!

えいっ！

ギィィィ

ちょうどその時、部屋の入口が開く音が聞こえてきた。

姿を現したのは、黒髪に紫色の瞳を宿した人間の若者。

妾から見れば小僧にも満たないような存在じゃが、それがそら恐ろしくもある。

「ファーゼストを護りし偉大なる御柱様。ご機嫌麗しゅうございます」

その人間は、妾の目の前にやって来ると恭しく跪いた。

「よい、面を上げよ。してどの様な用向きじゃ？」

よし上手く言えたのじゃ！

声が震えてしまうかと思ったのじゃが、何とか威厳は保てそうじゃ。

グッジョブ妾。

「はっ、今年も御柱様のお陰で、無事大地の恵みを収穫する事が叶いました。その他、家業も順調で御家も益々繁栄致してございます。御柱様には感謝のあまり言葉もございません」

か、感謝とな!?

こやつめ、自分の行いを棚に上げ、ぬけぬけと感謝を口にするとは。

ムキィ――――！

妾に、怨嗟の念をこれっぽっちも捧げぬくせに、なんたる言い種。

許せぬ。

契約のせいで直接手出しはできぬが、ここははっきりと遺憾の意を伝えるのじゃ！

ふ、ふん、相手は所詮人間の小僧。

こ、怖くない、怖くなんてないぞ。

よし、言うぞ、言っちゃうぞ！

「妾に感謝とな……皮肉か？」

ヤッター!!

上手く言えたのじゃ〜。

ふふ〜ん、妾は大悪魔なのじゃ。

人間に要求をする事ぐらい、造作もない事なのじゃ。

ついでに眉もひそめて、表情でも遺憾の意を伝えるのじゃ。

妾は不満であるぞ？　大変不満であるぞ？　うん？

「滅相もございません。いくら我が家との契約があるとは仰せども、御柱様は、人知の及ばぬ尊き御方。卑しき手前と致しましては、只々感謝するのみにございまする。他意はございません」

うむ、そうかそうか。

分かればいいのじゃ、分かれば。

妾は、そんじょそこらの悪魔とは訳が違うからな。

そこまで言うのなら、寛大な心で許してしんぜよう。

こやつも、死すら厭わぬ程の忠誠を誓っておるようじゃし、妾も器の大きい所を見せてやろう。

えぇ～っと、こんな時は何と言えばいいのじゃろうか……

そうじゃ、『大儀である』とでも言って大仰に頷いておけば、それっぽく見えるじゃろう。

「（ちゃぃぎ）であるか」

メッチャ噛んだ。

……恥ずかしい。

き、聞こえてないかな？　上手く言えてなかったから大丈夫じゃよな？

妾の威厳、ちゃんと保てたよな？

あぁ、もういいからとりあえず話を進めるのじゃ!!

「はっ、また、御柱様のお耳に入れたき事がございます」

妾に報告とな？

何ぞ嫌な予感がするのじゃ。

この一族は、毎度毎度、ろくな報告をせぬから聞きたくないのじゃが、もしここで聞いておかねば、気になってせっかくのろまんしんぐが、楽しめなそうじゃ。

「なんぞ、申してみよ」

「手前どもは御柱様のご加護により、例年通りの収穫を得る事が叶いましたが、他家では不作ばかりと聞きます。今年は御柱様への供物も一層、奉じられる事と存じます」

「ほう？」

こやつにしては、珍しく朗報じゃの。

飢饉とくれば、餓える苦しみがあちらこちらで発生する。

いくらこやつでも、王国各地で発生する怨嗟の念は止められまい。

「また、家業の方でも、近々借金で首の回らなくなる者がございます。こちらも御柱様の贄として、お捧げ致します」

成る程、借金で身を落としたとなれば、あとは人生という名の坂を転げ落ちるばかり。

これは期待ができそうじゃのぉ。


……………いや、待て、待つのじゃ！

そんな安易に期待をしてもいいのか？

一体、今までどれだけ期待を裏切られた事か。

この一族は、毎回、妾の予想の斜め上を行くのじゃぞ！

そうじゃ、あれはいつの事じゃったか。

ファーゼスト領ができて間もない時の事じゃ、せっかく収穫できるようになった田畑を焼き払うように、命じた事があった。

あの時はどうじゃっただろうか。

焼き払った結果、領民は泣いて喜んだではないか。

いや、意味が分からぬ!!

何故、田畑を目の前で焼かれて喜ぶのじゃ!?

たまたま、焼き払った直後に大雨が降ったからか？

確かにあの年は中々雨が降らず、おまけに作物の出来も悪く収穫は微々たるものじゃった。

だからと言って、田畑を目の前で焼かれているのに、神に供物を捧げて雨乞いをしたと勘違いされるとか、一体どうなっておるのじゃ。

妾はそんな結果になるように、因果を弄ってはおらぬぞ！

他にも、領民を拐《かどわ》かして他所へ売り払うよう指示すれば、売られた者はその先々で大成するわ、次から次へと才能豊かな人材を発掘するものだから、今では領主の目に留まる事は一種のステータスになってしまった。


どうしてそうなる!?


この一族は、我儘放題、好き勝手し放題する度に、方々から感謝の念を集めまくる。

しかもそれは代を重ねる度に酷くなっていき、特に今代の当主はそれが図抜けている。

どうしてこうなった！

あやつの魂は、あり得ないぐらいに真っ黒なのに、非常識なくらいに徳が高い。

あやつが何かをする度に、感謝の念が溢れ返るのだ。

そして、いつしかその念の中には耳を疑うような祈りが交じり始めた。

（運命の女神よ、感謝致します）と。

…………………ん？

運命の女神？

ふぁぁぁぁぁぁぁっ!?

それは妾の事か？
妾の事なのか？
いや、おかしいじゃろ。
妾は運命を司る大悪魔じゃぞ。
何がどうトチ狂えば、運命の女神になるのじゃ!?
だが現実に、その念はファーゼスト家を通して妾の下にやって来る。
それも一つや二つではない、王国中から数えきれない程の念が届くのだ。
その事実に、妾はゾッとして恐怖を覚えた。

このままでは……
このままでは妾はどうにかなってしまう…………

このままでは、女神になってしまうではないかぁぁぁ!!


いやいやいやいや、あり得ないから！

それ、絶対に何かがおかしいからね！

悪魔が神になるとか、聞いた事もないのじゃ。

逆はあるよ？　神が悪魔になったり、天使が堕ちて悪魔になる事なんてよくある話じゃ。

実際に妾も、何匹か唆した事がある。

じゃが、悪魔が神になるとかどうやればできるの？

というか、人間がそれを為すとか、それ、本当に人間の所業なの？

色々と頭を抱えたくなる問題が山積みである。

だが今、ふとある事に気が付いてしまった。


——光と闇が両方備わり最強に見えないかこれ。

……アレ？　これ格好良くない？

魔と神が合わさるとか、滅茶苦茶格好いいのじゃ！

ふふ～ん、そうなると妾は唯一の存在じゃの。

魔と神を両方備えた『魔神』……は何か響きがダサいのぉ。

ふむ、天使は悪魔になると『堕天使』というから、妾は差し詰め『堕女神《ダメガミ》』といったところかのぉ。

ふむ、中々悪くない響きじゃ。


……………………って違ぁぁぁぁう!!


妾は、女神になるのではない、怨嗟の念を集めて、悪魔としての力を取り戻すのじゃ！

その為には、こやつに暗躍して貰わねばならぬのじゃ!!

「期待しても良いのじゃな？」

良いか？　振りじゃないぞ。

振りじゃないからな。

「うむ。時におぬし、名はルドルフと申したな？」

「おお、御柱様に直接名前をお呼び頂けるとは、恐悦至極にございます」

ぬがぁぁぁっ、年がら年中、ルドルフの名と共に感謝の念が届けば、いい加減名前も覚えるわい!!

良いか、民を苦しめるのじゃぞ、怨嗟の念を捧げるのじゃからな!

絶対に、絶対に感謝の念を捧げるなよ。

良いか絶対じゃからな!

「そちには期待している。良きに計らえ」

「ははぁぁぁっ」

ルドルフは大仰に頷くと、意気揚々として去っていった。


そして後日、悪魔の下には当然のように感謝の念が届き、ファーゼスト家の地下には誰かの叫び声が響き渡ったという。

「あの悪魔ぁぁぁぁぁ!!」

外伝　冒険者ガッシュの事情

The great days of
the vice lord RUDOLF

「けっ、ゴブリンの討伐依頼とは、しけてやがるぜ」

俺の名はガッシュ。

『鉄壁』の二つ名を持つ、Aランク冒険者だ。

先日、迷宮都市バンガードで、迷宮の一〇〇階層を突破し、とうとう念願のAランク冒険者の資格を得る事ができた。

これで金も名声も思うがままだと喜んだのだが、心の底から楽しめていたのは一ヶ月ぐらいの間だけだった。

初めの内は気も大きくなり、金をばら撒いたりして豪遊をしたものだが、肌に合わなかったのか、次第にそれらにも飽いてしまったのだ。

それ以来、いつもと同じように迷宮に潜ってみても、Aランクという目標を達成してしまったせいか、どこか身が入らない。

どうやら、目標を達成してしまった事で、燃え尽きてしまったようだった。

そういった日々を過ごしている内に、俺は迷宮都市を去る決心をした。

一〇年程の時を共に過ごしたこの街に愛着はあったが、このままモヤモヤとした気持ちを抱えたままいる事が我慢できなくなり、更なる刺激を求めて旅に出る事にしたのだ。

そうして、王国中の村を渡り歩いているのだが、そう簡単に俺が求めるような刺激は転がってはいない。

今日も、やって来た村で、何か面白そうな仕事は無いか探していたのだが、村長に依頼されたのは、低ランクの冒険者でも楽に相手ができる、ゴブリンの討伐依頼だった。

「Aランクのガッシュ殿には、物足りない依頼かもしれませんが、最近ゴブリンの数が増えているようなのです。どうか、お力をお貸し頂けませんか?」

ゴブリンは、弱い癖に数ばかりが多いので面白味に欠け、気の乗らない相手ではあったが、俺はこの依頼を受ける事にした。

「ちっ、仕方ねぇな。やってやるよ」

「あ、ありがとうございます」

そう言って頭を下げる村長を尻目に、俺は村を出て森の中へと入って行った。


依頼を受けたのは、別に困っている人を見捨てられなかったからではない。

単純に路銀が尽きそうだったため、依頼を受けざるを得なかっただけである。

「夢にまで見たAランク冒険者様の生活が、ゴブリン退治で日銭を稼ぐだなんて、本当に悲しくなってくるねぇ」

そう一人でぼやきながら歩みを進める。

冒険者といえば、強大な魔物を退治し、時には辛酸を嘗め、時には思いもよらぬ財宝を手にするなど、毎日が刺激に満ちたものだと思っていた。

中でも、最高峰であるAランク冒険者にもなれば、どれだけ心躍る毎日だろうかと夢に見ていたが、到達してみれば何の事はない。

それ以上の刺激など、そうそうお目にかかれる物では無かったのだ。

「世の中こんな物なのかねぇ…………おっと」

腐ってもAランク冒険者。世の中のつまらなさに嘆きつつも周囲の警戒は怠らない。

それを察知した瞬間、意識のスイッチが切り替わる。

半ば無意識に行っている索敵に反応があった。

息を潜めて気配を探る。


――いる。


……この気配の感じだと五匹だろうか。

気配は固まって行動しており、それなりの統率が感じられる。

こりゃぁ、はぐれじゃねえな。

これだけの社会性があるって事は、どこかに群れができてやがる。

ちっ、面倒くせぇ。

適当に間引いて終わりにするつもりだったが、群れごと潰さなければならなそうだ。

俺は、こちらに向かってやってくるゴブリンの集団から身を隠し、気配を消して機会を窺う。

そして、ゴブリン達が目の前を素通りした直後に飛び出した。

――一閃。

愛用の槍を目にも留まらぬ速さで引き戻し、続いて次の獲物を見定めて薙ぎ払う。

胸に大穴を開けたゴブリンが血を撒き散らしながら倒れ、歪な形に頭を変形させたゴブリンが時を同じくして地に伏した。

その音で残りのゴブリンが、ようやくこちらの存在に気が付いたようだ。

……だが遅い。

相手がこちらの姿を認識するまでの、ほんの僅かな時間。

その一呼吸にも満たないような時の隙間に、刃を滑り込ませる。

――一閃。

近くにいたゴブリンの首を刎ね飛ばし、石突きをもう一匹のゴブリンの喉へと叩き込む。

喉を破壊されたゴブリンが、もがきながら地を這い、頭の無い死体が思い出したかのように倒れ伏した。

一瞬の内に四匹のゴブリンを屠り、最後の一匹が取り残される。

呆然とした表情で、仲間の死体と俺の姿を交互に見るゴブリン。

何が起きたのかも理解出来ない様子である。

そこへ、ぼとりと丸い物体が落ちる。

先程刎ねたゴブリンの首と、残されたゴブリンの目が合う……

「グゲァァァァァァォ!!」

森の中に、何とも言えない悲鳴が響き渡った。

当然であろう。

何が起きたのかも分からず、気が付けば皆死んでおり、極めつけは首だけになった同胞からの熱い視線。

ゴブリンでなくとも、パニックになるというものだ。

俺はゆっくりと音を立てながら、慌てふためくゴブリンへと近付いて行った。

そんな俺の様子に気が付いたのか、今度はゴブリンと俺の目が合う。

ニィイッ
ゴブリンの視線に、俺は笑みで返した。

「グ、グゲエエエエエエ！！！」

ゴブリンは先程以上の悲鳴を上げ、形振り構わず森の中を駆け出した。

完全に我を忘れている様子。

「やれやれ、ちとやり過ぎたか？」

ブンと槍を振って、血糊を飛ばす。

逃げるゴブリンを追跡して、群れの場所を探るつもりだったが、あのゴブリンは完全にパニックに陥っている様子だ。

あれではまともに群れへ帰ってくれるか分かったものじゃない。

「まっ、やっちまったものはしょうがねぇか」

そう言って俺は、一目散に逃げるゴブリンの追跡を行った。


ゴブリンは途中から我に返ったのか、後ろを気にしながら一定の方向に向かって歩き続けていた。

時間にして三時間ぐらいだろうか。

幸いな事に、逃げた方向はどうやら群れがある方向だったらしく、目的地が見えてきた。

群れが見え、ゴブリンがふと気を弛めた瞬間を見計らい、槍を一閃する。

「はい、ご苦労さん」

一瞬で首を刎ね、命を刈り取る。

群れからはまだ距離があるため、死体は木の陰にでも隠しておけばバレる前に森の獣が処分してくれる事だろう。

「しかし、思ったよりもでけぇな」

ゴブリンの死体を運びつつ、俺は呟いた。

元々ゴブリンは個体が弱い分、数を増やして群れで生きる魔物だ。

一〇匹や二〇匹ぐらいの群れならば、そこら中で見かける事だろう。

だが、今俺の目の前にある群れはどうみても一〇〇匹はいそうな程の大きさがあり、崖を背にしたその集落には簡易的な柵も見られそれなりの防衛力も見受けられる。

たかがゴブリンの一〇〇や二〇〇程度に後れを取るつもりはないが、一斉に逃げられると、どうしても一人では手が足りない。

そう考え、俺は一度村まで戻る事にした。


「…………ってな訳で、殲滅するには人手がいる。まぁ、数が多いとは言え、たかがゴブリンだ。冒険者が一〇人も居れば戦力的には十分だろうし、群れは崖を背にしているから包囲も簡単だ。村の男手も借りて隙間なく囲めば、被害もなく殲滅できるだろうよ」

「何と、それ程までものゴブリンが群れをなしていたとは」

俺は村まで戻ると、村長にゴブリンの群れの事を話した。

今までにない規模の群れに、村長は驚いてはいたが、Aランク冒険者の俺の言葉に安心したのか、冷静に街へ応援を依頼する判断を下した。

群れているとはいえ、相手はゴブリン。

高ランクの冒険者は必要ないので、一〇人程度の数はすぐに集まるだろう。

「この度は、ガッシュ殿のお陰で大事には至らなそうじゃ。誠に感謝致します」

「おっと、ゴブリンの討伐はまだ終わってないんだ。感謝するにはまだ早いぜ」

「何と！　ほほほ、そうでありましたな。ガッシュ殿への依頼は、ゴブリンの討伐でしたな」

「おう、任せておけ！」

そう言って、村長の家を後にする。

相手はゴブリンとは言え、一〇〇匹規模の群れならばそれなりの相手がいる事が予想される。

俺が求めるような刺激は得られないだろうが、多少はストレスの発散が期待できそうだ。

さて、冒険者が集まるまでどれくらいの日数が必要だろうか？

恐らく一週間もあれば集まるのではないだろうか。

それまでは、村でのんびりと待つ事にしよう。

つまらないゴブリンの討伐依頼が、思ったよりは楽しめそうな事に胸を弾ませ、俺は村で唯一の酒場に足を運ぶのだった。


一週間程の時が経ち、街で依頼を受けた冒険者達が村にやってきた。

その数一二人。

今回はゴブリンの数が多い事もあってか、中堅クラスのベテラン冒険者の姿もちらほら見られる。

そこに、俺自身や村の男衆も加えれば三〇人程の集団となるので、一〇〇や二〇〇程度のゴブリンの殲滅など容易く行えるだろう。

そんな中、俺は集まった冒険者の中でも唯一の高ランク冒険者として、今回この集団を率いる役目を担う事になっていた。

『鉄壁』の二つ名の由来にもなっている大盾を背負い、愛用の槍を脇に抱えて辺りを見回す。

村の広場には、今まさにゴブリンの殲滅に向かおうとする面々が集まっていた。

俺は大きく息を吸い、全員に聞こえるように腹の底から声を上げる。

「いいか、よく聞け！　数が多いとは言え相手は所詮ゴブリンだ、俺達冒険者の敵じゃねえ。村の男衆は槍を構えて逃げようとする奴らを牽制するだけでいい。なぁに、この『鉄壁』ガッシュが付いてんだ、大船に乗ったつもりで安心しな！」

そう大声で言い放ち、特に村の男衆達に言い聞かせる。

今回の作戦は、ゴブリンを逃がさない事が肝心だ。

極端な事を言えば、戦闘能力の低い村人は槍を構えて立っているだけでいい。

そのため、戦闘に慣れていない村人がパニックにならないように、余裕の有るところを見せておく必要があったのだ。

そうして、俺が村人の一人一人に声をかけて、緊張を解いて回っていた時の事だ。

数人の供を連れた黒塗りの立派な馬車が、この村にやって来るのが見えた。

馬車を引く馬まで黒で統一されたそれらは、遠くから見てもかなりの威圧感がある。

良く目を凝らしてみれば、馬車には所々に銀で細工をされた様子が見られるなど、かなり豪奢な装いの一団である事も窺える。

乗っているのは間違いなく貴族であろう。

今俺がいるこの村は辺境に程近い場所にあり、王国の街を結ぶ大きな街道からは、かなり離れた場所にあった。

こんな辺鄙な場所に、貴族様が一体何の用であろうか。

貴族と言えば、傲慢で自分勝手な存在という印象しかないため、このタイミングで現れたそれに、何か言いようの無い不安を覚えた。

滅多に見ない豪奢な馬車の到来に、広場がざわめく。

すると、馬車から護衛の一人が離れてこちらに向かってくるのが見えた。

身に纏った革鎧は年季が入っており、身のこなし方からも腕利きである事が窺える。

「我々はファーゼスト家の者だが、この村で一晩の宿を提供してもらいたい。取り込み中申し訳ないが、どなたか村長の所まで案内してもらえないだろうか」

やはり貴族の一団であったか。

護衛の物腰は思っていたよりも丁寧ではあったが、これからゴブリン退治にと意気込んでいただけに、出鼻を挫かれた思いで苦虫を嚙み潰す。

「私が村長です」

そう言って、前に進み出る村長。

「おお、こちらでしたか。村長殿、先程も申したように、本日この村で一泊させて頂きたいのだが、頼めるかな?」

「ええ、勿論。喜んで宿を提供させて頂きます」

「ご厚意感謝します」

「ですが、その……」

村長が護衛に返答をするが、途中で言葉を濁す。

今この村には、多少とは言え魔物の脅威が迫っている。

その事をどう伝えるべきか迷っているようだ。

「……それは、この物々しい雰囲気と何か関係が？」

「はい、その、実はですね………」

こちらの事情を護衛に説明しようとする村長だったが、それは、馬車から聞こえてきた声によって遮られてしまう。

「おい、何をもたついている！　さっさと宿に案内しろ!!」

不機嫌さを隠そうともしない、苛立った声。

まだ一〇代半ばぐらいだろうか？

馬車の窓からは、幼いと言っても差し支えない容姿をした少年が、こちらに見下すような視線を投げていた。

その傍若無人な態度は、俺が嫌っている貴族そのもの。

ちっ、こんな時にお貴族様と鉢合わせるとは運が無ぇ。

頼むから、何事もなく過ぎ去ってくれよ。

そう思ってしまったのがいけなかったのだろうか、少年は広場を埋める物々しい集団を見渡すと、眉をひそめる。

「これは一体何の騒ぎだ……貴様、答えろ」

そして、不幸にもご指名を頂いてしまった。

「この村の近くにゴブリンが湧いたもんですから、駆除しに行く所だったんです。今日中には終わらせますんで、貴族様は宿でゆっくりしてて貰っていいですよ」

俺は心の中で舌打ちをしつつ、何とか敬語を捻り出して答えた。

「ほう、ゴブリンごときに雁首揃えてお出掛けか……」

「ええ、どうやら一〇〇匹規模の群れができていやがりまして、こうして数を揃えたんです。なぁに、Aランク冒険者の俺が付いているんですから、ササッと終わらせてきますよ」

そう言って、俺はさっさとゴブリン退治に向かおうと会話を切り上げようとした。

だが、そんな俺の思いもむなしく、目の前の貴族はとんでもない事を口にし始める。

「待て……貴様らが出て行ったら、誰が私を守るのだ？　冒険者を半分置いていけ」

「…………」

さも当たり前の事かのように出てきた言葉に、皆が声を失くした。

この糞ガキ、いきなり出てきて何て事を言いやがる！

クソっ、これだから貴族は嫌いなんだ。自分の事しか考えないで勝手ばかり押し付けやがる。

「なんだ、貴様はAランク冒険者の癖に、ゴブリンごときに後れを取るのか？　ふん、威勢が良いのは口だけのようだな」

その言葉に、殴りかかろうかとも思ったが何とか自制する。

貴族に手を上げようものなら、処刑される未来しかないからだ。

そんな俺の様子に気が付いたのか、何とか場を取り繕おうと声を上げる村長。

「ガ、ガッシュ殿。確かに、貴族様に何かあっては大変です、ここは貴族様の言う通りに致しましょう」

クソッタレ！

ここで何をしようとお貴族様の言葉は曲げられない。

……仕方ない、村に置いていく冒険者を決め、さっさとゴブリンの討伐に赴くとしよう。

「さっさと行ってこい」

ボソっと呟かれた貴族の言葉に殺意が芽生えたとしても、それは仕方の無い事だろう。

最悪な気分で向かったゴブリン退治だったが、道中は思ったよりも順調だった。

何事もなく、数時間の距離を歩き、目的地であるゴブリンの集落にやって来る事が出来たのだ。

崖を背にした粗末な集落は相変わらず健在で、簡易的な柵に囲まれ、あちこちでゴブリン達が思い思いに過ごしている。

俺は、立ち止まってその様子を確認すると、皆に合図を送る。

すると、事前に打ち合わせていた通りに、冒険者と村人が組になって散開していく。

どこかのバカ貴族のせいで戦力が減ってしまい、完全な包囲はできなくなってしまったが、多少は逃がしてしまっても問題は無い。

どうせ、根絶やしにしたとしても、しばらくすればどこかから流れてきて、別の場所に違う群れが誕生するだけなのだから、今この群れを一匹残さず潰す必要はない。

しばらく待っていると、散開していった冒険者達が位置に着いた。

それを確認すると、俺は愛用の大盾と槍を構えて、ゆっくりと歩き出す。

その姿を見せびらかすかのように、堂々と独りで歩いて行く。

やがて、何匹かのゴブリンが俺の姿に気が付き、群れが次第にざわめき始める。

それも無視して群れに近付いていくと、粗末な棒切れを手にしたゴブリンの一団が、こちらに向かってくるのが見えた。

俺は向かってくるゴブリンに狙いを定め、タイミングを合わせて槍を突く。

狙い違わず、槍はゴブリンの喉元に吸い込まれ、その命を散らし、続くゴブリンには大盾を振るって殴り殺す。

槍を突き、大盾を振るう度に一つまた一つと骸が転がり、あっという間に、向かってきた一団を壊滅させた。

俺は槍を振って血糊を飛ばすと、また群れに向かってゆっくりと歩き始める。

「グキャァァァァ!!」

悲鳴とも雄叫びとも取れる声が、群れのあちらこちらから沸き上がる。

それを切っ掛けに、ゴブリンとの戦いが本格的に幕を開けた。

「「「グゲァァァァ!!」」」

奇っ怪な声を上げながら向かってくるゴブリンの波を、冷静に一つ一つ処理していく。

槍を突く度に死体が生まれ、払う度にゴブリンが宙を舞い、そして相手の攻撃は全て盾で受け止める。

その姿は、正に要塞の如し。

ゴブリンの目の前に立ち塞がる姿は、『鉄壁』の名に相応しい様相を呈している。

今回の作戦は、一番実力が高い俺が囮になって大多数を引き受け、冒険者を核とした村人達の集団が、包囲して残りを担当するというものだ。

作戦は見事に成功し、ほとんどのゴブリンが血走った目をこちらに向け、俺をなぶり殺さんと押し掛けてくる。

それらを粛々と処分していくと、群れの中から逃げ出そうとする個体が出てき始めた。

だがそれらは、徐々に包囲を狭めていた冒険者や村人達によって刈り取られていく。

中には、包囲を上手く抜けて逃げていく姿も見られたが、そういった個体は無視して、どんどん包囲を小さくしながらゴブリンを始末していく。

数が多くはあったものの、所詮はゴブリン。

それほど時間をかけない内に、集落にいたほとんどの個体を始末する事ができた。

後は、物陰などをしらみ潰しにしていくだけである。

そうして、柵に囲まれた内側を探索し尽くし、見える範囲にゴブリンの姿が見えなくなった頃、村人達の間からようやく安堵の声が上がってきた。

慣れない戦闘が終わり、緊張から解放されたからだろう。

……だが、そんな様子を見て、俺の背中に冷たい物が走る。

戦闘中から何か違和感があったのだが、それが何なのかが分からない。
こちらの被害は皆無で、戦闘もあっという間に終わった。
ゴブリンも普通の個体ばかりで上位個体もおらず、拍子抜けしたぐらいである。
しかし、嫌な予感は拭い切れないばかりか、益々強くなっていく。
まずい。弛んでしまったこの雰囲気は、とにかくまずい。
迷宮で培われた経験が、けたたましく警鐘を鳴らす。
「おい、お前ら！　まだ気を抜くんじゃねぇぞ！」
そう皆に声をかけて、とにかく周囲を警戒する。
何事もなく事は終わり、特に変な所は何も無いように見えるのに、一体何が変なんだ？

…………ん？　何事もなかった？

そこまで思い至り、周りを見回す。
辺りには何十といったゴブリンの死体が転がっていた。
……そう、何十体程度の普通のゴブリンの死体しか転がっていないのである。
「お前ら全員集まれ！　グズグズするな、急げ!!」
違和感の正体は、何も無い事だったのだ。
群れの規模からすれば、この三倍は死体がなければ数が合わない。

また、これだけの規模の群れなら上位個体が何匹もいるはずなのに、死体はどれも普通のゴブリンばかり。

「まだゴブリンの生き残りがいる筈だ、気を抜くな！」

その事実に、より一層警戒を強くする。

「おい、あれ………」

その呟きは誰の物だっただろうか。

声に釣られて柵の外を見てみると、そこには信じられない光景が広がっていた。

集落の外側を、ゴブリンの群れが整然と取り囲んでいるではないか。

村人や冒険者達も、信じられないといった様子でそれらを呆然と見つめている。

包囲して殲滅するつもりが、逆に包囲されてしまったのだ。

「ギャギャギャァァァァァ！」

耳に障る笑い声が響く。

声の主を探してみると、他より一段高く丘のようになっている場所に、他のゴブリンとは異なる雰囲気を醸し出す一団が見えた。

普通のゴブリンよりも頭一つ背が高く、スラリとした細身のゴブリンが高らかに笑い、鬼《オーガ》に匹敵するほどの体躯を誇る三体のゴブリンが静かに佇む。

ゴブリン司令官《コマンダー》と、ゴブリン守護者《ガーディアン》。

いずれも、ゴブリンの高位個体だ。

……まずい。

特にゴブリン司令官《コマンダー》は、烏合の衆であるゴブリン達を統率し、それらを一つの軍隊へと変貌させてしまう。

ホブゴブリンやゴブリン戦士《ウォーリア》といった上位の個体がいる事は想定していたが、ここまで高位の個体がいるとは思っていなかった。

クソっ、してやられた。

俺達が群れを退治しにやって来る事を察知して、逆に罠に掛けてきやがった。

腐っても俺はAランク冒険者。

これらを纏めて相手にしても切り抜ける自信があるが、他の連中は違う。

特にゴブリン守護者《ガーディアン》には、数少ない中堅クラスの冒険者を数人がかりで相手取る必要がある。

しかもそれが三体。その相手をするだけでもギリギリだというのに、向こうにはまだ有象無象のゴブリンの軍団が残っている。

もし一気に攻められれば、俺以外はあっけなく磨り潰されてしまう事だろう。

だが、奴らはそれをしない。

ゴブリン司令官《コマンダー》が、そのように指令を出しているからだ。

奴は先程の戦いを見て、俺という猛獣を認識した。

今も狩人のような慎重さを見せ、俺達の隙を窺おうとしている。

このまま、俺達が消耗するのを待つつもりだろうか？

全く、ゴブリンの癖によくそこまで頭が回るものだ。

「ギャギャギャ」

気色の悪い笑い声があちらこちらから聞こえてくる。

さて、どうやってこの窮地を切り抜けるか……

流れ落ちる汗で手が滑らないよう、俺は槍を強く握り直した。


――ゴブリン達による狩りが始まり、どれほどの時間が経っただろうか。


既に日は傾き、空は赤く染まり始めていた。

「ちっ、少しずつけしかけやがって、鬱陶しいんだよ！」

散発的に襲い掛かってくるゴブリンを蹴散らしながら、俺は思考を巡らす。

相手は数に物を言わせて、こちらの疲弊を狙っている様子だ。

体力のある内に包囲を突破するべきなのだが、視界の端に、狼に跨ったゴブリン騎乗者《ライダー》の姿が映る。

もし包囲を突破できたとしても、奴らをどうにかしない限り被害は抑えられない。

しかし、このままではジリジリと体力を削られるのを待つばかり。

被害を覚悟で包囲を突破するしか手立ては無さそうだ。

「よく聞け、今から包囲を突破する！　まず、俺が包囲に穴を開けるから、そしたら全力で駆け抜けろ。俺が殿《しんがり》になってできるだけ奴らを食い止める、冒険者は追撃してくるゴブリン騎乗者《ライダー》を何とかして食い止めるんだ！」

確実に何人かの被害は出るだろうが、もう仕方がない。

このまま体力を消耗し続ければ、俺も含めて全滅する未来しか待っていないのだから。

……だが、その決心は些か遅かったようだ。

ゴブリンの一団がゆっくりと動きを見せる。

獲物が十分に疲弊したと見て、仕留めに動き出したのだ。

ゴブリン司令官《コマンダー》らは、丘の上からこちらを見下ろし、ニタニタと楽しそうな笑みを浮かべている。

クソっ、出鼻を挫かれた！

こちらの動きに合わせるようにして動き始めたゴブリンに動揺する村人達。

このままでは、包囲を突破する事も難しいかもしれない……

ゴブリンの癖に、嫌らしいタイミングで動き出してくれる。

「ぼさっとするな！　腹ぁ括って包囲を抜けるぞ!!」

俺は村人達に檄を飛ばして、何とか動揺を鎮める。

ゴブリン達はもう動き出している。考えている余裕など無い。

「…………」

村人達の覚悟を背中に感じ、俺は全身に力を漲らせる。
魔力を体中に巡らせ、身体能力を何倍にも引き上げて大きく息を吸う。
「ウオォォォォォォォォォォ!!」
野獣のように獰猛な雄叫びを上げて駆け出した。
背中からは、同様に獣のような雄叫びが続いてくる。
舞い上がる土煙。
迫るはゴブリンの波。
響き渡る獣達の雄叫び。
宙を舞うゴブリン司令官《コマンダー》。
踏み鳴らされる大地。
死を告げる鋼の武器…………

――宙を舞うゴブリン司令官《コマンダー》?

「うぉぉぉぉぉ?・?・?・」
思わず間抜けな声を上げて足を止めると、ゴブリン達との間に、ゴブリン司令官《コマンダー》が降ってきた。

首の曲がったそれは、明らかに息絶えている。

ゴブリン達も、地面に叩き付けられたのが自分達のリーダーだと認識すると、呆然として足を止めた。

戦場に静寂が訪れる。

訳が分からず丘の上を見上げてみれば、そこには、立派な黒馬に跨がってふんぞり返っている少年の姿があった。

あの時の貴族の少年だ。

その場の視線が少年に釘付けにされる中、いち早く我に返ったのは、少年のすぐそばにいたゴブリン守護者《ガーディアン》達だった。

自分達のリーダーの仇を取るべく少年に襲いかかろうとする守護者《ガーディアン》。

対する少年は優雅に黒馬から降り、流れるような動作で腰の刀を引き抜く。

「邪魔だ」

そして、その夜空のような漆黒の刀身を閃かせた。

——一閃
小さな身体と巨体が交差し、丸太のような緑色の腕が宙を飛ぶ。

——二閃
返す刀が胴を薙ぎ、その大きな身体を上下に切り離した。

——三閃

背後から迫るもう一体の攻撃を、少年は身を屈めてやり過ごし、そのまま相手の足を切り飛ばす。

堪らず地に膝を突くゴブリン守護者《ガーディアン》。

――四閃
そして、丁度良い位置にまで下がってきた首を刎ね、鬼のような形相をした丸い物体が地面を転がった。

その間、僅か数秒の出来事である。

「ふん、雑魚が……」

少年はつまらなそうに呟いて、骸に唾を吐き捨てた。

一体、何という技量だ。

あの若さで、ゴブリン守護者《ガーディアン》を歯牙にもかけないとは、どれ程の修練を積んでいるというのだろうか。

少年は見下すような目で、残った最後のゴブリン守護者《ガーディアン》の巨体を見上げる。

その視線に怯んで後ずさるゴブリン守護者《ガーディアン》だったが、その最期は、隙をついた黒馬によって蹴り飛ばされるというものだった。

鈍い音を上げて宙を舞うゴブリン守護者《ガーディアン》。

それは、高らかな放物線を描いてゴブリン司令官《コマンダー》の隣へと墜落する。

どうやらゴブリン司令官《コマンダー》も同じようにして蹴飛ばされたらしい。

……あ、ありえねぇ。

丘からここまで、どれだけ距離があると思っているのだ。

いくら高低差があるとはいえ、一体どれ程の力で蹴られれば可能なのか。

どうやら、あの黒馬も並ではないようだ。

その隣に立つ少年は、血脂一つ付着していない美しい刀身を腰に納めると、丘の上からゆっくりと俺達を見下ろした。

「クックックッ、フハハハハ、アーハッハッハッハ！」

ゴブリン達も含めて皆の注目を集める中、少年は高らかに笑い声を上げる。

「ゴブリン狩りを見物しに来てみれば、逆に狩られているとは何の冗談だ？　クハハハ、何だこれは、一体何なのだコレは!?　おい、Aランク（笑）冒険者様、貴様は私を笑い殺す気か？　クククッ、フハハハハハ!!」

静寂とした戦場に、場違いな笑い声が響き渡る。

だが、段々と少年の言葉が理解できるにつれ、俺の心に火が灯る。

「い、今から狩る所なんだよ！　そこで大人しく見ていやがれ!!　おいお前ら、あんな子供のお貴族様に舐められっぱなしで、この先冒険者が続けられると思うなよ」

他の冒険者に声をかけるが、言うまでも無かったようだ。

あそこまで虚仮にされて黙っていられる奴は、冒険者にいない。

「精々私を楽しませるがいい、フハハハハ!!」

少年の高笑いを耳にしながら、俺はゴブリンの集団に飛び込んだ。

ゴブリン達は、未だに放心しているようで、草を刈るより簡単に倒す事ができる。

そこまでして、ようやくゴブリン達が我に返った。

しかし、統率者のいなくなったゴブリンなど烏合の衆である。

動揺したそれぞれが好き勝手に行動するものだから、戦場は混乱を極めた。

一番機動力の高いゴブリン騎乗者《ライダー》が、いち早く森の中に逃げようとするが、まるでそれを見計らっていたかのように、森から冒険者が姿を現して奇襲を仕掛ける。

……あれは、村に残していった冒険者達か。

奇襲に動揺したゴブリン騎乗者《ライダー》達は隙を突かれ、容易く騎獣ごと切り裂かれた。

それを見た他のゴブリン達は、更なる混乱に陥る。

元々知能の低い奴らは、リーダーを討ち取られただけでも、どうしたらいいのか分からないというのに、逃げる事も出来ないという事を強く意識してしまい、パニックを引き起こしてしまった。

パニックがパニックを呼び起こし、戦場はもはや混乱の坩堝である。

足元にうずくまって震えるゴブリン。

それを踏み潰しながら逃げ回るゴブリン。

放心して立ち尽くすゴブリン。

半狂乱に得物を振り回すゴブリン。

しかし、それらが沈黙するまでに時間はそれほど掛からなかった。

見渡す限りゴブリンの死体、死体、死体。

二〇〇はあるかと思われるそれらを見渡し、俺はようやく一息つく事ができた。

周りを見渡すと、軽傷を負っている人間はいても、死者や重傷者といった被害は無し。

ゴブリンとはいえ、あれだけの数を相手にして、素人である村人にすら被害がないとは……

それもそのはず、ほとんどのゴブリンが同士討ちで死んでいったのだ。

俺達が相手にしたゴブリンは、ほんの一部でしかない。

俺は、こんな状況を作り上げた張本人を見上げる。

ゴブリン達が周りに居なくなったタイミングで、ゴブリン司令官《コマンダー》という頭を真っ先に潰し、次いで最大戦力であるゴブリン守護者《ガーディアン》を屠り、手をもぐ。

動揺したゴブリン騎乗者《ライダー》を伏兵で奇襲して足も潰せば、相手は文字通り手も足も出ないという訳だ………

全く、何て奴だ。

その用兵の巧妙さにぐうの音も出ない。

一冒険者である俺には見渡す事の出来ない視点。

これが、人を率いる貴族の視点というものか。

俺は今まで、貴族というものを誤解していたのかもしれない。

少なくとも、あの少年がいなければ、ここにいる人間の何人が生き残っていられただろうか。

『鉄壁』と呼ばれ良い気になっていたが、俺は何も守れていなかったのだ。

それを教えてくれた少年に、とにかく礼を言いたい。

今まで持っていた貴族に対するわだかまりもどこかに消え、足早に少年へと近付いて行く。

なんと声をかければいいのか分からないが、とにかく心のままに感謝の気持ちを伝えたくなったのだ。

そして、そうする事で何か、今までとは違う新しい自分になれるような、そんな予感があった。

少年を目の前にして俺は口を開こうとした。


「頭が高い！」


「ふごぉぁぁぁぁぁぁぁ」

目まぐるしく、景色が回り流れ、少し間を置いて身体中を衝撃が襲う。

何が起きた？

体に走るとんでもない衝撃と、頬の痛みをこらえて上体を持ち上げる。

どうやら俺は、地面に倒れ伏していたようだ。

「ハァハァハァ……」

未だかつて感じた事の無い衝撃に、俺は腰が砕けたようになってしまい、荒い息を吐いた。

あの一瞬で何が起きたのか？

少年の体がブレたと思ったら、俺は宙を舞っていた。

頬の痛みと合わせて考えれば、俺はどうやら殴り飛ばされたらしい。

「ゴブリンごときに醜態を晒す無能が、何様のつもりだ！」

年端もいかない少年からの罵倒。

大の大人が子供に叱られるという矛盾に、背中にゾクゾクするような痺れが走った。

――新たな世界の存在が垣間見える。

「何だその気色悪い目は!?　糞虫は地面にでも這いつくばっていろ！」

「ふごぁぁぁぁぁぁぁぁ」

続いて背中を衝撃が走り抜けた。

気が付けば俺は、天と地を何度も交互に見ながら宙を舞う。

今度はかろうじて目にする事ができた。

この少年に蹴り飛ばされたのだ。

清々しいまでに美しい蹴りは俺の体の芯を打ち抜き、痛みを通り越して全く異なる感覚を俺にもたらした。

「ハァハァハァ」

たまらない……いや、たまらず俺は荒い息を吐いた。

そうだ、俺は村人達の命を危険に晒した張本人だ。

いくら被害が無かったとは言え、それはこの少年の用兵によるものなのだ。

俺が負うべき責任は大きい。

だから、俺は罰を負ってしかるべきなのである。

「ふん、こんなカスがAランク冒険者とはな」

そう、だからもっと……もっと!!

「………………興が醒めた、私は先に帰る」

黒馬はその言葉を聞くと、ゆっくりと動いて主人に身を寄せる。

少年はそのまま黒馬に跨がって、それ以上何も言わないまま去ってしまう。

腰砕けになっている俺にはそれを見送る事しかできず、呆然としたままその場に取り残される。

今日、俺は自分がどれだけ閉じた世界に居たのかを気付かされた。

それも、あんな年端もいかない少年に教えられるとは……いや、年端もいかない少年にだったからこそ俺は気が付けたのかもしれない。

俺はあの少年の手によって、目が覚めた。

『鉄壁』と呼ばれて持て囃されてはいても、所詮は井の中の蛙。

上には上がいるという事を教えられ、俺は新しい世界の扉を開く事ができた。

そう、俺は本当の自分を見つける事ができたのだ。

冒険者として、迷宮ではついぞ満たされる事の無かった心が、あの少年に出会った事によって満たされる。

そうか、俺はこれを求めていたのか!

『鉄壁』と呼ばれた殻を打ち破り、俺に遥か高みを教えてくれる存在を。

そうか、俺の求めていた刺激はここにあったのか!!

あの少年は、確かファーゼスト家の者だと言っていたな……

次の旅の目的地が決まった。

待っていろ、絶対お前に認めさせてやるからな!

ふらつく体に活を入れ、俺達は村への帰路に就いた。

その間、村人達がどこか俺と距離を取っていたような気がしたが、気のせいだろうか……


――一〇年程の後、ファーゼスト領のとある村では、村長が領主に蹴り飛ばされている姿が見られたという。

第3章

The great days of
the vice lord RUDOLF

序　とある貴族の語り

やぁ、久し振りにこの店に来たけど、君、新人かな？
まぁいいや、今日はちょっと誰かに話を聞いて欲しい気分でね。
久し振りに王都に来たものだから、寄らせてもらったんだ。
え？　注文？
あぁ、そうだね。
じゃあ強めの酒と、つまみになるようなものを適当にお願いしようかな。
普段は辺境にいるから、中々店に顔を出せなくてね、今日は羽を伸ばさせてもらうよ。
えっ？　何これ？
……フライドポテト？
あぁー、これが噂のジャガイモか。
中々美味しそうだね、どれ一つ。
…………ホクホクで美味しいね、気に入ったよ。
うん……成る程、お酒にもよく合うね。

それで何だっけ。

……あぁそうそう、今日、叙爵式があったのは知っているよね？

そう、王都でも話題になっているスズキ家。

その当主のライアンだけどさ、実は私の弟なんだよね。

………シ――！　あんまり大きな声を出さないで。

ほら、他の方に迷惑でしょ。


うん、落ち着いたかな？

そう、それでその弟なんだけどさ、昔は私の後を付いてばかりいる可愛い奴だったんだ。

それがいつからか、「辺境の男は強くあらねば！」と言って体を鍛え始めてね……まさか魔の領域の主を打ち倒すほどになるとはね……

うん、正直な事を言うとコンプレックスだったね。

ほら、辺境って、武力が重視される風潮があるからさ。

弟の凄さを見ると思う所があったんだよ。

弟から見るとさ、私は病弱らしいよ。

これでも学園では上から数えた方が早い成績だったのにさ、笑っちゃうよね。

鬼《オーガ》って知ってる？

人間の二倍ぐらいの大きさの魔物でね、その巨体を生かして拳や得物を振り回してくる恐ろしい魔物なんだ。

私達は、代々そんな魔物と戦って来たんだけど……

弟が家の戦士団を鍛え始めてから、様子が変わってね。

……何というか、うん……今、家の戦士団の連中は、そんな鬼《オーガ》と一対一《サシ》で殴りあえるんだ……

いや、本当だよ？

自身の二倍もの大きさの相手に、一歩も引けを取らずに殴り倒すんだ。

大きさが二倍違うんだから、普通の人より二倍は強くなければ倒せない相手のはずなのにね……

………え？　大きさが二倍なら、八倍の戦力差があるって？

どういう事⁇

え？　単純に、身長が二倍なら、体積は八倍になる？？？

そうなの？

良く分からないけど、君、頭いいんだね。

え？　大人と、三歳児ぐらいの体格差がある？

………うわぁ、そう聞くと家の戦士団ってヤバいんだね。

そりゃ、そんなのから見たら、私なんてモヤシだよね、ハハハハ。

そっか……うん、今の話を聞いて少しスッキリしたよ。

そんな戦士団を率いる弟は、英雄の器だったんだね。

そうだよね、私の一族が代々倒せなかった魔の領域の主を打ち倒したんだから。

そんな人物が、凡人な訳が無いよね。

うん、そりゃ、スズキの姓も与えられるし爵位も賜って当然だ。

そんな事も分からなかったなんて。

……そんな英雄の兄として、恥ずかしくないように、これから頑張らなくちゃね。


よし、お代わり！

今日はめでたい日だ、楽しく飲もう。

弟の新しい門出に乾杯!!

……それにしても、あれだけ強いのにまだ強さを求めるなんて、弟は何と戦う気なんだろうな。

え？　何の話かって？

少し前に弟に聞かれたんだよ、腕のいい鍛冶師の事を。

なんかさ、今使っているのが合わなくなってきたらしくて、叙爵を機に一新するんだってさ。

だからさ、私も知る限り最高の職人を紹介したよ。

君も名前は聞いた事あるんじゃないかな、『黄金の鎚《ゴールデンハンマー》』ワッツさ。

そうそう、あの頑固で有名な名工ワッツ。

弟達の腕前なら、きっとワッツも認めてくれるはずさ。

「…………えっ？　引退した？」

「嘘、もう一年も前に引退していたの!?」

「あちゃー、知らなかったとはいえ、店の地図まで渡しちゃったよ。」

「……え？　店は息子が跡を継いでいるの？」

「うーん、店の看板を変えずに続けられているのならとりあえず大丈夫かな。」

「まぁ、弟の事だ、上手くやるさ。」


「そうそう、上手くやると言えば、スズキ家で働いているメイドの一人と中々上手くやっているらしい。」

「訓練一筋だった弟にも、ようやく春がやってきたようで私も両親も安心したものだよ。」

「それも、あのファーゼスト家の出身のメイドだ、そこらの令嬢を貰うより、よっぽど頼りになる。」

「本当、いい娘を捕まえたものだ。」

「辺境に来るだけあって、戦術にも詳しいしね。」

「よく、戦士団の訓練を見て『攻め』がどうとか、『受け』がどうとか、一緒にやってきたメイド達と討論しているらしいよ。」


「…………あれ？　今、店に入ってきたのって、先輩？」

「先輩ー、ロバート先輩ー！　こっちこっち！」

そんな風に、入口でウロウロしていたら不審者に見えますよー。

……お久し振りです先輩、学園の卒業式以来ですか？

確か今は、家を継いでロバート＝オオクラ＝トヨトミになられたんですよね、おめでとうございます。

……そんなにキョロキョロしてどうしたんですか？

あっ、さては先輩、『紳士倶楽部』に来るの初めてですね？

そんなに恥ずかしがらなくても大丈夫ですよ、ここにいる紳士達は皆口が堅いですから。

この店の中で見聞きした事は外に持ち出さないのが、暗黙ルールです。

何といっても、皆紳士ですから安心していいですよ、ハハハハ。


ロバート先輩はどうします？

あっ、私が奢りますよ、初めての『紳士倶楽部』なんですから、楽しんで下さい。

そうだ、家督継いだお祝いを私にさせて下さい。

だから、難しい顔をしてないで、何でも言って下さいね。

この店のサービスは凄いですよ、顧客の要望に高いレベルで応えてくれますから、きっと先輩も満足できますよ。

…………え？　一〇歳ぐらいの女の子？

いや、さすがにそれはいくらなんでも……

……先輩、そんな趣味していたんですね？

そ、そんな怒らないで下さい、口外なんてしませんよ。

私も紳士にあるまじき行動をして、この店を出入り禁止にされたくありませんから。

あっ、そうだ。

私が先輩のために一肌脱ぎますよ。

こう見えても、私はこの店の店主と顔馴染みなんで、話を付けておきますよ。

先輩は確か王都に住んでいましたよね、次にこの店に来る頃には、先輩もきっと楽しめますよ。

いやいや、そんなに恥ずかしがらなくてもいいですって。

あまり大きな声では言えませんが、そういう趣味を持った人って結構多いみたいですよ。

先輩だけじゃないんですから、否定しなくても大丈夫ですよ。

ここの店にやってくる紳士達は、大なり小なり何かを抱えているもんなんですから。

えっ？　私ですか？

……ほら、弟が、今日叙爵されたじゃないですか。

私の場合はそれですかね。

やっぱり、優秀な弟を持つと肩身が狭いというか、兄として思う所があった訳で……

嫌いとかでは無いですよ、弟も私の事を思っているのが分かりましたから。

さっきもこの子に聞いて貰っていたんですが、やっぱり、弟の才能に嫉妬していたんですよね。

だけど、それも今日でおしまい。

弟は英雄なんです。

その兄がいつまでもそんな小さい事でウジウジしていたらみっともないでしょう?

あいつは、これから隣の領地で魔物と戦っていくんです。

私はそれを支える。

英雄の兄として恥ずかしくないように、頑張らなくちゃいけないんです。

だから、先輩もそんな顔しないで下さいよ。

先輩の趣味に合う子はいませんが、それは私が後日何とかしますから、今日は飲んで楽しみましょう。


ほらほら、今日は私の奢りですよ。

では、いいですか?


先輩との再会を祝して、カンパーイ!!

悪徳領主と武具職人

ガタゴトと馬車の中で揺られながら、流れる景色を見る。

日差しは穏やかではあるものの、窓から吹き込む風は冷たさを運び、冬の訪れを感じさせる。

つい先日、王都にてスズキ男爵の叙爵が正式に行われた。

私もスズキ家に支援をしている関係で叙爵式に呼ばれ、今はその帰り道である。

ただ、せっかく王都までやってきたのだから、このまま真っ直ぐ帰るのは勿体ないと思い、オーレマインに寄ってから帰る事にした。

オーレマインは、良質な鉱石が採掘される鉱山の麓に作られた、工業生産が非常に盛んな街であり、鍛冶工房が軒を連ね、優れた鍛冶職人が集まる鉄と鎚の街だ。

通称、工房都市。

そこでは優秀な鍛冶職人が鎬を削り合い、日々、優れた武具が生み出されている。

何故そんな街に行く事にしたかというと、そろそろ私の愛刀のメンテナンスが必要になる頃のため、王都から帰るついでにオーレマインに寄る事にしたのだ。

その過程で、私は思いもよらぬ人物と同道する事になった。

「ところで、ライアン殿はオーレマインまで、どのような用向きで？」

そう、先日叙爵したばかりのライアン＝スズキ男爵である。

ライアン殿は自分の馬車は御者に任せ、せっかくだからと私の馬車に同乗している。

「ええ、叙爵を機に装備を整えようかと思いましてね。兄に鍛冶師を紹介して頂いたので、その工房に伺おうと思っております」

成る程、辺境にて新しい領地を治めるという事は、新しい魔の領域と接するという事、戦力の増強は当然であろう。

「ちなみに、ライアン殿は得物は何を？」

辺境の地にて、戦いに明け暮れる日々を送っているせいか、戦闘に関する話題を振るとライアン殿はとたんに目を輝かせた。

「辺境の男として武芸百般は修めておりますが、とりわけ大剣を得意としております。お恥ずかしながら、細々とした事は苦手な質《たち》ゆえ、存分に振り回せる得物が性に合うのです。……ルドルフ辺境伯は腰の物を？」

「ええ、私の愛刀で、銘を『烏《カラス》』と言います」

私は『烏《カラス》』を腰から外し、ライアン殿に良く見えるように持ち上げる。

「刀とはまた、繊細な得物を使われるのですね。……むっ、この感じは魔道具ですか？」

黒く飾り気のない鞘に納められたそれは、一見すると何の変哲もない刀に見える。

しかし、ライアン殿の目には違って見えたようだ。

「流石はライアン殿、お目が高い。おっしゃる通り強力な魔を宿した魔道具です」

魔道具。

それこそが、オーレマインに向かう理由だ。

魔道具とは、魔法の力や魔の力そのものを宿した道具の事で、特に武器防具のそれは持ち主に様々な加護を与えたり、特殊な機能を有していたりするため、その価値は非常に高い。

私の愛刀は、とりわけ強力な魔を宿した魔道具のため、一般的な武具の手入れだけでは不十分なのである。

そのため何年かに一度、こうして専門の職人に見てもらう必要があるのだ。

「これだけ、存在感を放つ刀なのですから、さぞかし名のある業物なのでしょう」

フフフ、やはり分かる人には分かるようだ。

ここまで私の愛刀の事が分かるのであれば、鞘の上から見るだけでは勿体無い。

「良ければ、少し抜いてみますか？」

「よろしいので!?」

勿論だとも。

ライアン殿程の人物であれば、愛刀を触って貰っても何ら問題はない。

向かいに座るライアン殿に愛刀を手渡すと、彼はそれを丁寧に受け取り、鞘から刀身を二〇センチ程引き抜いた。

「………………ほう」

思わずといったため息が漏れる。

引き抜かれた刀身は漆黒の夜空のように黒く、濡れたカラスの羽のように艶やか。

刃先を波打つ刃紋は、まるで暗闇を切り裂く流星の如く煌めき、どこか神秘的な美しさを醸し出す。

命を絶つ凶刃でありながら、美術品と見紛う美しさを兼ね備え、相反する二つの要素が人の目を惹きつけてやまない。

「ライアン殿、あまり見つめすぎると魅入られますよ・・・・・・」

ライアン殿は私の言葉で我に返り、急いで刀身を鞘にしまう。

「……まさか、これ程までの逸品であったとは。ルドルフ辺境伯、良い物を見させて頂き、ありがとうございました」

「なんの、ライアン殿にそこまで言って頂ければ、この刀にも箔が付くというもの。お気になさらず」

私は愛刀を受け取ると、そう返した。

ライアン殿は一流の武人だけあって得物を見定める目も確かだ。

そのような人物に愛刀を誉められ、嬉しくない訳がない。

それだけでも、愛刀を見せた甲斐があったというものだ。

そう思いながら愛刀を腰に差し直していると、ライアン殿が何かを思い付いたように口を開く。

「そうだ、お返しという訳ではございませんが、ルドルフ辺境伯も工房までご一緒致しませんか？」

そういえば、ライアン殿はオーレマインの工房に武器の発注をしに行くのだったな。

だが、ライアン殿の公務に、私が物見遊山気分で一緒に付いて行っては失礼ではないだろうか。

「私が一緒ではお邪魔では？」

「ははは、そのような事はございません。是非、オーレマイン一と名高い名工の作品を、一緒に堪能しませんか？」

「ライアン殿がそこまでおっしゃるのであれば、私に断る理由はございません」

正直なところ、オーレマインの名工には興味がある。

私の愛刀程ではないだろうが、名工の手で作られる武器がどれ程の業物なのか、この目で見てみたいものだ。

「おお、そう言って下さいますか！　ルドルフ辺境伯程のお方と一緒に武具を見られるとは、楽しみでしょうがありません」

無邪気に目を輝かせるライアン殿の様子に、こちらまで楽しい気分になってくる。

「私も、『烏《カラス》』のメンテナンスだけでは味気ないと思っていた所です。期待させて頂きましょう」

ライアン殿が期待する程の工房だ、私の目をさぞかし楽しませてくれる事だろう。

馬車での旅も数日が経つと、目的地である工房都市に到着する事ができた。

道中では、ライアン殿の武勇伝を聞かせてもらうなど、非常に楽しい物となり、ここ数日はあっという間に時間が過ぎていった。

オーレマインに到着すると馬車は速度を落とし、何度か角を曲がった後にゆっくりと停止した。

「ルドルフ辺境伯、ようやく到着したようですな」

「ふむ、ここが『黄金の鎚《ゴールデンハンマー》』ワッツの工房か。思っていたより小さいのだな」

名工というのだから、さぞかし大きな工房なのだろうと思いきや、馬車から降りて見えた工房は想像よりこぢんまりとしており、年季の入ったやや薄汚れた物であった。

ライアン殿に聞いた所によると、家族と親族だけで工房を運営しているため、何十人も所属する大工房ほどの大きさは必要無いとの事だ。

また、一族秘伝の技術というのもあり、質に関しては折り紙付きだという。

成る程、外観から感じる年季は、そのままこの工房の歴史という事であり、言われてみればどこか風格漂う、職人の工房といった様相だ。

「立っているのも何ですし、中に入りましょう」

ライアン殿はそう言って先に工房の中へ入って行き、私もその後に続いて入った。

しかし、目に映った店内の様子に、私は困惑する事になる。

名工というのだから、店内はさぞかし賑やかで活気のあるものなのだろうと思っていたのだが、営業中の店舗とは思えない程がらんとしており、武器などは隅の方に樽にまとめて無造作に突っ込まれていた。

「失礼する、私はスズキ家のライアンと申すが、店主のワッツ殿はいらっしゃるか」

ライアン殿は、そんな店の様子を気にする事もなく声をかける。

「………なんでい、俺っちに何の用だ……ッヒク」

部屋の奥にあるカウンターから、酷く面倒臭そうな男の声が聞こえた。

見ると、怠そうに頬杖を突き、面白くなさそうに酒瓶を弄る男の姿があった。

男の顔は白髪交じりの髭と髪に覆われ、毛むくじゃらの一言。

ライアン殿より頭一つ分くらい小さい身体は、ガッチリとした筋肉に覆われ力強さを感じる。

そんな男の身体的特徴により、一つの種族が頭に浮かんだ。

——ドワーフ。

土と鎚を友とし、酒と鍛冶をこよなく愛する大地の民。

大地の精霊の末裔とも、妖精の血を引く種族とも言われ、神代の時代の神秘の一部を受け継ぐ種族だ。

彼らは、大地との強い親和性を生かして鉱山から良質な鉱石を掘り出し、見かけからは想像できない程の器用さを発揮して鍛冶や細工を行うなど、鍛冶師や細工師として高い適性を誇る。

その最高峰の職人が、目の前にいるワッツだ。

………だが、名うての職人だというのに、それ程の雰囲気を感じないのはどういう事だろうか？

酒瓶を片手に顔を赤らめている様子は、どう見ても場末の酒場にいる酔っ払いと変わらない。

この男が、一流の鍛冶師だとは俄《にわか》に信じ難い。

「おお、貴方が『黄金の鎚《ゴールデンハンマー》』と名高いワッツ殿でしたか。私は先日爵位を賜りました、ライアン＝スズキと申します。今日は、貴方の腕を見込んで依頼にやって来ました」

私の個人的な感想はともかく、ライアン殿はこの酔っ払いと、話を進めるようだ。

「おう？　何だあんた貴族様だったのかい。……ッヒク、息子を呼ぶから、ちょいと待ってな。……ビッケ！　おいビッケ!!　貴族様のご依頼だぞ!!……ッヒク」

酔っ払いは大声で息子の名を叫ぶと、酒瓶に直接口を付けて一口呷った。

……貴族を前にして何たる態度、何たる言い種。

たとえこの酔っ払いが本当に名工ワッツだったとしても、私はこの男の事を認める事はできそうもない。

私はこの酔っ払いの様子を見て、興味が急速に失われていくのを感じた。

そう思うと、途端に手持ち無沙汰になり、部屋の中をキョロキョロと見回す。

相変わらず、がらんとしていて何も無い。

……いや、部屋の隅の方に樽が置いてあり、中には何本かの剣が無造作に放り込まれている。

おそらく、この工房の作品だろう。

私は、その中からオーソドックスな形をした片手剣を選び、手に取ってみる。

鋳造ではなく鍛造である。

確かに丁寧な仕事に見えるし、造りも丈夫で頑丈そうだ。

だが、やはり名工の作と言われるだけの物には、どうしても見えない。

一級品と呼ばれる物には、必ず雰囲気がある。

私の愛刀『烏《カラス》』がそうであるように、それらはある種の風格や気品を漂わせ、造り手の想いや魂を感じさせるものだ。

それが、この剣はどうであろうか？

手に取っても何も感じぬ。

それどころか、持ち主に媚びを売る飼い犬のごとき卑しさすら感じられる。

……これは本当に、一級品の剣だろうか？

それとも、実際に振るわねば分からぬ類いの物だろうか。

「店主よ、少し試させて貰うぞ」

「ああん？……ツヒク、あっちに専用のスペースがあるから、好きに使いな……ツヒク」

酔っ払いの物言いはこの際無視をして、指を差された方へと足を運ぶ。

扉を一つ抜けると、その先は天井が一段高くなっており、武器の素振りができるくらいのスペースが確保されていた。

部屋の中を見渡すと、隅の方に試し切りの的であろう木人形が何体か置いてあるのが見える。

ふむ、あの人形が丁度良さそうだ。

その中から、軽鎧が被せられた木人形を選んで、前に立つ。

すぐ横に重鎧を被せた物があったが、さすがにそっちで試す気にはならなかった。

私は手に持った片手剣を構えると、静かに呼吸を整える。

余計な力を抜き、雑念を取り払う。

息を吸って、ゆっくりと吐き出す。

それを何回か繰り返す内に次第に音は遠退き、世界から色が失われてゆく。

己の血の流れを感じ、心臓から産み出される魔力の流れを手繰り寄せ、身体が求めるままに腕を振り抜く。

ギイィィィィンンン!!

金属が高速で擦れ合う、甲高い音が鳴ると共に、世界に音と色が戻ってくる。

手元に残ったのは、柄だけになった片手剣の残骸。

ふむ、やはり耐えきれなかったか。

見ると、そこには刀身を半ばまで埋め込んだ木人形の無惨な姿があった。

「私の腕に耐えきれず、折れ果てるか」

口の中で小さく呟き、手に残った残骸を無造作に投げ捨てる。

……やはり名工とは名ばかりで、大した腕では無いらしい。

恐らく、昔は名工として申し分無い腕前だったのだろうが、大方名声の上で胡座をかき続けて腕を鈍らせたのだろう。

所詮は耄碌《もうろく》した酔っ払いの作品という事か。

「おうおうおう！　俺っちの作品を台無しにしておきながら、でけえ口を叩くじゃねえか!?」

おっと、どうやら口に出ていたらしい。

振り返ると、そこには顔を真っ赤にした酔っ払いと、それによく似た毛むくじゃらがもう一人、それからライアン殿の姿があった。

木人形を切る時にあれだけ大きな音を立てれば、集まって来るのも当然か。

「作品？　冗談を言うな、ただのナマクラだろう？」

たったの一振りで真っ二つになる剣になど、誰が命を預けられようか。

あんなものは駄作だ、駄作。

「あぁん！　ナマクラとは言ってくれるじゃねえか、喧嘩売ってんのか!?」

売っているのは貴様だ。

ナマクラを売って喧嘩も売るのだから、とんだ商売上手である。

あんな駄作しか置いてないから、店が閑散としているのだ。

「…………あの、ルドルフ辺境伯。実はですね、ワッツ殿は既に一年程前に引退しておりまして…………」

ライアン殿が申し訳なさそうに口を挟む。

……何？　引退していただと？

成る程、引退を余儀なくされた耄碌爺の手慰みが先程の作品という訳だ。

…………なんだ、やっぱりナマクラではないか。

「この野郎、二度もナマクラ呼ばわりしやがって…………」

おっと、また口に出ていたらしい。

いかんいかん気を付けねば。

「もう我慢ならねえ！　やいてめえ、そこまで言うなら俺っちにも考えがある。おめえの腰にぶら下げている物で、こいつを切ってみせやがれ!!」

そう言って酔っ払いが示したのは、すぐ横に置いてある重鎧を被せた木人形だった。

はぁ？

重鎧を切れとは、頭がイカれているのか？

軽鎧や革鎧を切るのとは訳が違う。

何故私がそんな事をせねばならないのだ。

馬鹿が、付き合う訳が無いだろう。

「ああん？　それとも何だ、お腰のそいつはナマクラかい？」

カチン

何かが切れる音がした。

「…………クックックッ、フハハハハ、アーハッハッハッハ！」

酔っ払い風情が調子に乗るな！

私の愛刀を、よりによってナマクラだと!?

この愚物は、アルコールのせいでとうとう眼までおかしくなったらしい。

「老いぼれの玩具《おもちゃ》と一緒にするな！」

この『烏《カラス》』と駄剣を比べるなど、烏滸がましいにも程がある。

それこそが、名工の看板に嘘偽りがある事の証。

この名刀を見てその価値が分からぬなど、その眼が節穴だと言っているようなものだ。

「ふん、貴様のナマクラと、私の愛刀の格の違いを見るがいい」

もっとも、アルコール漬けでボケた眼では、見る事は出来なかっただろうがな。

私はそれ以上何も言わず、奴の事は意識の外へやり、ライアン殿へと向かう。

「ライアン殿、このような工房に頼むのは止して帰りましょう」

「いえ、ルドルフ辺境伯……その………」

ふむ、確かこの工房はライアン殿の兄上の紹介であったな。

ならば、ライアン殿もそれを無下にする訳にもいかないか……

「私は、愛刀のメンテナンスを先に済ませる事にしますので、また後程」

ライアン殿にそう告げると、私は工房を後にした。

工房を出る時に、背後でズシンと重たい物が落ちる音が聞こえたが、もはや私には関係が無い事だ。

「出せ」

私は自分の馬車に乗り込むと、御者をしているヨーゼフに短く告げた。

優秀な家令は何も言わず、無言で馬車を走らせる。

ガタゴトと揺れる振動だけが、馬車の中を彩っていた。

悪徳領主と復讐の料理人

オーレマインの日は短い。

鉱山の麓に作られた街のため、山が太陽を遮り、平地よりも日の入りが早いのだ。

普段であればまだ明るい時間帯だと言うのに、オーレマインでは既に夜の帳が下り始めており、体感時間とのズレに違和感がある。

馬車に揺られながら、私はオーレマインの街並みを眺めていた。

暗くなるにつれ、ぽつりぽつりと明かりが灯り始める。

ファーゼスト領ではあまり見られない光景だ。

明かりを灯すのにも燃料代が掛かるため、ファーゼスト領では特に事情がない限り、皆、日が沈むと眠ってしまうのだ。

だが、ここオーレマインでは、燃料代など知った事かと店先には明かりが灯り、今からが本番だと言わんばかりに街は活気を見せ始める。

特に活気づいているのは酒場だ。

この都市ではドワーフの比率が多いため、今日の仕事を終えたドワーフ達が、続々と酒場へ繰り出しているのである。

明かりが増えると共に、次第に街は喧騒に包まれる。

……全く騒々しい街だ。

夜という黒のキャンバスに浮かぶ明かりの数々は、星々の如く煌めき、地上に夜空が舞い降りてきたかと思う程に美しいのに、実際は酒宴と酔いどれの集まりかと思うと、風情も何もあったものではない。

「……はぁ」

ため息を一つ吐いて、窓から目を逸らす。

せっかくライアン殿とオーレマインに来たのだからと、街でも指折りの料理店に予約を入れたのだが、半分無駄になってしまった。

というのも、結局あの後、酔っ払い爺とその息子がスズキ領に越す事になったため、その手続きでライアン殿にゆっくり観光する暇がなくなってしまったのだ。

あの工房に頼んで大丈夫かとも思ったが、ライアン殿には何か考えがあるようで「心配には及びません」と軽く言われてしまった。

それどころか「流石、ルドルフ辺境伯です」と何やら感心される始末。

何の事だかさっぱり分からない。

重鎧を切った事だろうか？

あれぐらいならライアン殿でも切れると思うのだが……

そんな訳で、私は予約していた店に一人で向かう事になった。

今から他の店を探すのも馬鹿らしいので、このままその店で夕食を取る事にしたのだ。

ふと馬車の揺れが止まった。

続いて静かにノックの音が響き、御者をしていたヨーゼフが馬車のドアを開ける。

どうやら到着したようだ。

馬車からゆっくり降りると、目の前には魔道具の灯りにライトアップされた、雰囲気の良い洒落た外見のレストランが見えた。

入口の脇には一人の男性が立っており、こちらの姿が見えると恭しく腰を折る。

おそらく、店の支配人であろう。

「ファーゼスト辺境伯閣下でございますね。どうぞ、ご案内致します」

男の案内に従って店内へと入っていき、私は席に着いた。

店内は、魔道具の灯りによってほんのりと照らされており薄暗く、テーブルの上に飾られているキャンドルの火が揺らめいて、幻想的な雰囲気を醸し出している。

薄暗いのは他のテーブルの客が気にならないようにとの配慮だろう。

まあ今日に限って言えば、この店は私の貸し切りのため、そもそも気になる客などはいないがな。

いくら高級レストランとは言え、平民《ブタ》と一緒に食事など、雰囲気も何もあったものではない。

せっかくの外食なのだから、気分良く食べたいものだ。

「ワインは何に致しましょう？」

男が聞いてくる。

少し考えたが、今日のメニューは料理長の取って置きという事で、他に詳しい話は聞いていない。

せっかく技術の粋を凝らした料理を提供してくれるのだから、合わせるワインに口出しをするのも野暮というものだろう。

「任せる」

「かしこまりました」

去って行く男の姿を見送ると、私はテーブルに飾られていたナプキンを二つに折り、膝の上に載せてしばらく待つ。

さて、今日のメニューで分かっている事は、前菜、スープ、メインディッシュ、デザートで構成されるコース料理だという事だけだ。

何でも、ここの料理長は五年程前に王都からやって来た天才料理人らしく、私の名前で予約をすると、是非提供したい特別な料理があるとの事だった。

貴族である私に特別な料理を申し出るとは、平民にしてはなかなか殊勝な態度である。

料理長がそこまで言うのならと、私はその提案を受ける事にしたのだ。

ライアン殿と一緒にそれを堪能出来ない事が些か心残りではあるが、それは言っても詮なき事。

天才と謳われる料理人がどのような料理を供するのか、私一人で堪能させてもらうとしよう。

一体どんな料理が運ばれてくるのだろうか。

貴族に対して特別と言って憚らないのだから、期待が出来そうだ。

そうして、先に運ばれてきたワインに口を付けつつ待っていると、ようやく一品目の皿が運ばれてきた。

《前菜》

テーブルの上に置かれた透明なカップの中には、オレンジ色をしたクリーム状の物の上に、琥珀色のゼリー状のソースが掛かっている。

見た目で似ている物を挙げるならば、プリンやアイスクリームといった所だろうか。

一体これはどんな料理なのかと思い、給仕に視線を向けるが、「どうぞ、お召し上がり下さいませ」と一言告げて去って行ってしまった。

能書きはいいから食べてみろという、料理長からのメッセージだろうか。

平民《かちく》の癖に、何という不遜な態度。

良いだろう、これでもし不味ければ、その態度の責任はしっかりと取って貰う事としよう。

器に添えられた小さなスプーンを手に取り、器の中身を一掬いして口へと運ぶ。

「っ……!!」

なんという事だ、言葉にならない。

見た目で騙されたが、これは確かに前菜だ。

優しい甘さが舌にねっとりと絡み付き、濃厚な旨みを含んだソースと混ざりながら喉を通る。

この自然な甘さの正体は、野菜か!?

野菜を潰してクリーム状に仕立て上げるなど、何という発想！

そしてこのソース。

肉と野菜の旨みが詰まったこれは、濃縮されたコンソメスープ。

それをゼリー状にして、ソースに仕立て上げてしまうとは……

器からもう一掬いして口へと運ぶ。

口の中に広がるアンサンブルをもう一度確かめ、その奥深い味わいに舌を唸らせる。

そうしてもう一口、もう一口としている内に、とうとう終わりがやって来た。

前菜なのだから、そもそも量は少ない。

満足感と共に、もっと食べたいという物足りなさを感じつつ、それを誤魔化すかのようにワインを口に含んだ。

頃合いを見たのか、給仕が「失礼致します」と言って皿を下げていく。

ぐぬぬ、確かにこれは余計な能書きなど必要ない。

口にすれば旨いのが分かるのだ。

料理は耳で聞く物ではなく、口で食べる物なのだと改めて認識させられる。

悔しいが、料理長の不遜な態度は不問に付す事としよう。

私は、もう一度ワインを口に含み、次の料理を期待して待つ。

すると、それほど間を置かずに次の一皿が運ばれてきた。

《スープ》

先程の一品とは打って変わって、一般的な黄色のポタージュが運ばれてきた。

成る程、先程の品は謂わば出会い頭の一撃。

奇をてらった一皿でこちらの興味を引き、主導権を得るための一品。

ここからが、本番だという事か。

丸く大きなスプーンを片手にスープを一掬いし、音を立てずに口に流す。

「つ…………!?」

…………ば、バカな!

これはコーンポタージュではない、別の何かだ!!

くっ、またもや見た目に騙されるとは。

良く見れば、店内の照明のせいで見にくいだけで、コーンポタージュとはやや異なった色をしているのが分かる。

この甘みの正体はかぼちゃと……他に何か野菜が数種類。

何かは分からないが、それらが見事に調和して、程よい甘みと旨みを一皿の中に詰め込んでいる。

……止まらない、全くもって手が止まらない。

味の正体を探ろうとスープを口にするが、するりと喉の奥へと逃げていってしまい、次から次へと右手を運ぶ。

そんな事を続けていると、気が付けば深皿の底が奇麗に見えていた。

…………はっ、私は一体何をしていたのだ。

しっかりと味わって飲むつもりが、目の前には何も残っていない。

これは何の魔法だ?

先程料理を食べ始めたばかりだというのに、もうメインディッシュとなってしまった。

このレストランの中は、時間の流れが他とは違うとでも言うのか?

静かに現れた給仕が皿を下げる様を無言で見つめる。

しかし、給仕は「失礼致します」と短く言うのみで、持ってきたパンをテーブルに置くと、現れた時と同じように静かに去って行った。

パンをちぎって口に放り込みながら、メインの皿がやって来るのを待つ。

メインディッシュと言えば当然肉料理。

前菜、スープとこれだけ驚かせてくれたのだ、一体どんな料理を用意しているのだろうか。

今まで味わった中で、一番記憶に残っている肉は魔獣であるグレートホーンのステーキだ。

一匹のグレートホーンから極僅かしか取れない部位を、絶妙な火加減で焼いたステーキ。

噛めば噛むほど汁が溢れ、肉の旨みをこれでもかと味わえた。

さて、この店はどんな肉で楽しませてくれるのか?

やはりグレートホーンだろうか。いや、この時期なら森豚や七色鳥という選択肢もある。

勿論、どの部位をステーキにするかでも、味の印象はガラッと変わる。

「失礼致します」

メインディッシュに思いを馳せていると声が聞こえ、待ちに待ったそれが目の前に供される。

《メインディッシュ（肉料理）》

……何だこの塊は!?

皿の上には何の肉か、何処の部位か全く分からない楕円形の肉の塊があった。

程よく焼き目の入ったそれは、確かに肉である事が分かるのだが、ステーキとは似ても似つかない。

メインディッシュに供される肉料理と言えば、ステーキが華。

何の肉にするか、どの部位を選ぶか、どう焼くか、どんなソースと合わせるか、それを考え創意工夫していくのがメインディッシュとしての肉料理ではなかったのか。

……とにかく、食べてみるとしよう。

皿の左右に置かれたナイフとフォークを手に取り、肉塊を一口大に切り分ける。

スッと、何の抵抗もなくナイフが入り、断面からは溢れる程の肉汁が流れ落ちた。

何だこれは、何なのだこれは!?

これほどまでに柔らかい肉など見た事がない。

それに何だ、次から次へと溢れて来るこの肉汁は…………はっ、しまった。

このままでは、肉汁がなくなってしまうではないか!!

止めどなく流れていく肉汁に危機感を覚え、急いでフォークでかぶり付く。

「つ…………!?」

口の中一杯に広がる肉の旨み。

舌で押し潰せるほどに柔らかい肉の繊維。

飲み込んだ後にも残る、甘い肉の脂。

至福。

これを至福と言わずして何を幸せと呼ぶのか。

……成る程、あらかじめ肉を細かく砕いてから焼いたのか、それならばあの柔らかさにも納得がいく。

そして、何種類かの肉を混ぜているのだろう、そうでなければあれほど奥深い味は出せない筈だ。

更に玉ねぎといった野菜なども、おそらく入っているのだろう。

…………くっ、私とした事が。味の正体に見当がついても、残りが無ければ楽しめないではないか！

そう、私が我に返った時には既に遅く、出された物は全て腹の中へと収まってしまっていたのである。

確かな満足感を抱え、膝のナプキンで口を拭う。

ここの料理長は魔術師か何かか。

料理を食べ始めたと思ったらいつの間にか終わっている。

古《いにしえ》の魔術師は、その莫大な魔力を使って時を操る事ができたと言われているが、ここの料理は正にそれだ。

「……ご満足頂けましたか？」

聞きなれない男の声が聞こえた。

見ると、白いコックコートを身に着けた男が、一枚の皿を手に立っていた。

男は、給仕がテーブルの上を片付けるのを確認すると、手に持っていた皿を私の前へと配膳する。

「貴様が今日の料理を作った料理長か？」

「はい、閣下のお口には合いましたか？」

「ああ、しっかりと堪能させて貰った」

文字通り、時間を忘れる程楽しませて貰った。

あれだけの味を出すのに、どれ程の研鑽を積んだだろうか。

褒めてつかわそう。

「大変光栄なお言葉ありがとうございます……ククッ」

そう言って一礼する料理長だったが、どこか笑いを噛み殺しているようだった。

……気のせいか？

「貴様、名前は？」

「トニーと申します」

「トニーか、覚えておくとしよう」

こ奴は平民《かちく》ではあるが、優秀な平民《かちく》だ。

たとえそれが貴族《にんげん》ではなくとも、私に益をもたらすのならば、名前を覚えておくだけの価値がある。

「ありがとうございます……ククッ」

トニーはそう言って再度頭を下げる。

……まただ、また笑いを堪える気配。

まあいい、これだけ有能な人物だ、多少の失礼な態度は不問に付すとしよう。

「もし貴様が望むのなら、知り合いの貴族や王都の料理店を紹介してやるが、どうだ？」

これだけの技術があれば、貴族に仕える事も容易だろうし、少なくとも王都で店を出せばたちまち評判の店となるだろう。

そんな人物が、こんな街で燻っている事に勿体無さを感じ、そう提案した。

「大変光栄なップププ……失礼。大変光栄な事ではありますがップププ………もうダメだ、我慢していられるかプハ、プハハハハハハハハ!!」

何が面白いのか、トニーは急に笑い出す。

それも心底おかしそうに、腹の底から笑い声を上げる。

「…………貴様、何を笑っている」

今までの幸福な時間が、打って変わって不愉快な物へと変わっていく。

「私を王都から追い出した閣下が、王都の店を紹介すると言うのです。これが笑わずにいられますか!?」

「……何？」

私が追い出した？

確かに、値段が高いばかりで不味い料理を提供する者に、責任を取ってもらう事はしばしばあったが、トニーはその中の一人だったというのか？

……覚えがないな。

「やはり、閣下は忘れていらっしゃるようですが、私は一日たりともあの時の屈辱を忘れた事はありませんよ！」

当時のトニーの技術《うで》の無さが悪いのだ。

それを、あたかも私の責任かのように言うとは逆恨みもいい所である。

「ふん、知らんな」

第一、私が一々平民《かちく》の事など覚えている訳がないだろう。

素知らぬ顔でそう告げたが、次の瞬間、私はトニーの発言に耳を疑う事になる。

「プハハハハ、今日の料理に何が入っていたのかも知らず、よくそんな顔ができますね」

「何……だと。…………貴様、一体何を入れた!?」

逆恨みも甚だしいが、トニーは私に相当な恨みを持っている様子。

そんな恨みを持った者が、食事に混入する物など一つしかない。

「何を入れたか？……プハハハ、閣下が私にした仕打ちを考えれば、何を入れたかなんて決まっているでしょう？　それが私の復讐なのですから」

「……なっ!?」

やはり毒か!?

急いで口の中に指を突っ込み、料理を吐き出そうとする。

「今更そんな事をしても無駄ですよ、一体どれだけの料理を食べたと思っているのですか」

その言葉に歯噛《はが》みする。

用意されたそれが毒とも知らず、時間も忘れて旨い旨いと残さず平らげたのだ。

それは、さぞかし滑稽な姿だっただろう。

「貴様、………ただで済むと思っているのか?」

「プハハハ、あれだけ食べておいて、ただで済む訳がないでしょう? きっちりとお代は頂きますよ」

旨い毒料理の対価に、私の命を払えと。

クソッ、皮肉のつもりか!?

「トニー、貴様の名前は覚えたからな!…………ヨーゼフ、ヨーゼフ!!」

私は急いで店の外へと駆け出す。

「おっと、何処へ行こうというのですか?」

後ろからトニーの声が聞こえたが、そんなものは無視だ。

トニーよ、貴様の誤算は貴族を侮っていた事だ。

私が毒に対して何の用意もしていない訳がないだろう。

ヨーゼフは、長年我が家の家令を務めるベテラン。

彼の用いる回復魔術の中には、ありとあらゆる毒に対処する物がある。

店を出て、馬車へと駆け込みヨーゼフを呼ぶ。

「クッ、店の者に謀られた！　ヨーゼフ、とにかく後は任せたぞ!!」

痛み始めた脇腹を押さえ、私はヨーゼフが対処をするのを静かに待っていた。


しばらく馬車の中で待っていると、ヨーゼフが戻ってきた。

私にこのような仕打ちをした店の対処を任せていたのだが、ヨーゼフの口からは信じられない事実が告げられた。

結局、トニーの復讐とやらは狂言であり、料理に毒物は入っていなかったというのだ。

あれだけの事を言っておきながら、何もなかったというのか。

だからといって、ただで済ませる訳にはいかない。

さて、どうしたものか……

トニーの料理は、今回の狂言を抜きにしてしまえば極上の物であった。

私の舌をあそこまで唸らせるのだから、処分するには惜しい人材。

よし、あやつのレシピを根こそぎ開示させ、更に今後も新しい料理ができる度にそのレシピを献上させる事で勘弁してやろう。

一流の料理人のレシピなんぞ、秘匿されて当たり前。

文字通り値千金のそれを残らず吸い上げ、料理人としての生命をファーゼストに縛り付けるのだ。

ククク、この程度の罰で済ます私の広い心に感謝するのだな。

もっとも、この先一生こき使われる人生が幸せかどうかは知らんがな。

殺して憂さを晴らしても良かったが、それで得られる怨念など微々たるもの。

あやつには、長い人生を苦しみ抜いて、御柱様の糧となって貰おう。

「クックックッ、フハハハハ、アーハッハッハッハ！」

得られるであろう利益を思うと笑いが止まらない。

トニーよ、とんだ料理を食わせてくれたものだ。

そんな貴様に、一言くれてやろう。

「…………ご馳走様」

…………ぶッ、ブハハハハハハハハハハハハ！

悪徳領主の商品　その二

「ロバート殿、王都から我がファーゼスト領までは遠かったでしょう。旅の疲れはどうですか？」

魔道具の灯りに照らされた応接室で、私は一人の男性と向かい合って座っていた。

男の名はロバート＝オオクラ＝トヨトミ。

王都で政治に携わる法衣貴族の一人だ。

トヨトミの姓が示す通り、宰相のジョシュア閣下の親戚であり、ミドルネームのオオクラは彼が財務関係の上級貴族である事を示す。

「普段王都に引き籠もっているので、長旅は久し振りで堪えましたが、先程頂いた夕食でそれも吹き飛んでしまいましたよ」

「それは良かった。ちょうど先日、一流の料理人のレシピを手に入れる機会がありましてね、今日はそれを饗させて頂きました」

オオクラの名を正式に継いでいるのであれば、彼にはかなりの裁量権があり、更に財務を担当しているとなれば、仲良くするに越した事はない。

「何とレシピをですか。あれ程の料理のレシピです、手に入れるのにさぞかし苦労したのでは？」

多少問題はあったものの、料理を食べただけで手に入れたレシピである。

それでロバート殿の歓心が得られたのだから、トニーには本当に感謝せねば。

「いえ、それ程でもありませんよ。たまたまその料理人と縁があっただけで、それ程の苦労はございません。そうだ、もし良ければレシピをお持ち帰りになりませんか？」

「なんと、よろしいのですか？」

フハハハ、あんな物で良ければいくらでも持って帰って結構。

レシピなんぞ、次から次へと生まれて来るのだから問題はない。

むしろ、率先してレシピを広めて欲しいぐらいだ。

「ええ、王都から遠路はるばるファーゼスト領へやって来たのですから、是非お土産にお持ち帰り下さい」

王都でレシピが広まれば、それだけレシピを作った料理人の価値が上がる。

だが、料理人は既に我がファーゼスト家が囲っており、新しいレシピは他の誰も手に入れられない。

ククク、そうなれば新しいレシピには一体いくらの値段が付くだろうか。

「ははは、ルドルフ辺境伯にかかれば、料理のレシピもお土産扱いですか。流石、王国の麒麟児は言う事が違う。ルドルフ辺境伯、それではありがたく頂きます」

「ふふふ、喜んで頂けたようで何よりです」

ロバート殿は、まだこちらの思惑には気が付いていない様子。

貴族家の当主になってまだ日が浅いと聞くので、こういった腹芸は勉強中といった所だろうか。

トヨトミの姓を名乗るのだから、もっと勉強を積んで宰相のジョシュア閣下の力になれるように頑張って欲しいものだ。

「ルドルフ辺境伯、この度は急な来訪にも拘わらず、このような歓待を頂き誠に感謝致します」

「なんの、シュピーゲル家の次期当主と、紳士倶楽部のオーナーの紹介を受けていらっしゃるのですから、私としても、正式な客人を迎えるのは当然の事です。お気になさらず」

そう私はロバート殿に受け答えた。

さて、何故ロバート＝オオクラ＝トヨトミ伯爵が、遠い辺境のファーゼスト領にまでやって来たのか。

それは彼があるものを探し求めているからだ。

ロバート殿が求めているのは、我がファーゼスト領の商品。

ククク、それもわざわざシュピーゲル家を通して、あの『紳士倶楽部』に依頼して求めているのだ。

ロバート殿は顔に似合わず、中々いい趣味をしていらっしゃる。

事前にどういった商品を求めているのか知らされていなければ、まず期待に応える事は出来なかっただろう。

一通り世間話も済んだ事だし、私は本題を切り出す事にした。

「そう言えば、何でもロバート殿は、とあるものを探しにファーゼスト領にいらっしゃったとか？」

すると、ロバート殿も居住まいを正して私と相対する。

「ええ、実はその事なのですが……その、どうやら誤解があるようでして……」

しかし、出てきたのは歯切れの悪い言葉。

「おや、紳士倶楽部のオーナーからは、あるものを探していらっしゃると伺いましたが、違いましたか？」

「いえ、それは違わないのですが…………その、私は別に一〇歳ぐらいの少女を探している訳では

「…………」

成る程、年端も行かない少女を求めているというのは外聞が悪く、なかなか口にはしづらいものだ。

それを汲み取り、察して対応するのは貴族の必須技能。

「ロバート殿、分かっております」

「ルドルフ辺境伯、いや、本当に申し訳ない」

ロバート殿はそう言って、頭を一つ下げる。

「人は誰しも、他人には言えない事の一つや二つあるものです」

だが、腹芸の苦手なロバート殿には、一つ勉強をしてもらう事にした。

貴族が他者に弱みを見せるとどうなるか、もっと危機感を持つべきだ。

「…………ルドルフ辺境伯？」

私の言葉に、ロバート殿の声色が変わる。

「貴方が何を愛でようとも、良いではありませんか。たとえそれが周囲の理解を得られなくとも、大切なのは貴方がどう思っているかでしょう？」

さて、ロバート殿の性癖が社交界に流れたら、一体どれだけ愉快な事になるだろうか。

もし、ロバート殿の政敵にこの話を持って行けば、一体いくらの値段がつくだろうか。

「…………まさか、ルドルフ辺境伯」

「フフフ、ご安心下さい。他言は致しませんよ。ロバート殿とは良い関係でありたいですからね」

……まあ、ジョシュア閣下の親戚に、そんな事はしないがね。

これを機会に、今後は気を付けてもらいたいものだ。

「………」

「さて、今日はせっかくロバート殿のために、ご用意させて頂いたのです。ゆっくりと品定めして下さいませ」

「…………ルドルフ辺境伯、宜しくお願い致します」

難しい話は一先ず置いておき、ロバート殿には商品を見て頂こうか。

先日仕入れたばかりの商品だが、きっとロバート殿の期待に添える事だろう。

「では早速。……入れ」

そう言うと部屋の扉が開き、メイドの格好をした一人の少女が現れた。

少女はロバート殿の前に来ると、ぎこちなさの残る一礼を披露し、にっこりと微笑む。

「な、何と…………」

少女の微笑みに、ロバート殿は声も出ない様子。

「お気に召されましたか？」

「……ルドルフ辺境伯、この子の年齢は？」

「八歳です。…………どうぞ、他にも何かご質問等があれば、直接お聞き頂いて構いませんよ」

「……それでは」

ロバート殿は少女の前まで進み、身を屈めて目線を合わせながら優しく語りかけ始める。

内容は他愛も無い事ばかりだ。

名前は？

身体は健康か？

病気は無いか？

両親はいるか？

今まで何をしてきたか？

何ができるか？

等々、奴隷を見定める時の一般的な質問ばかり。

「ルドルフ辺境伯、もう結構でございます」

一通りのやりとりに満足したのか、ロバート殿はそう言って席に戻ってきた。

「もういいぞ、戻れ」

私がそう言うと、少女はまたぎこちない一礼をして部屋から去って行く。

部屋の扉が閉まるまで、ロバート殿はその後ろ姿を名残惜しそうに見つめていた。

フフフ、どうやら気に入って頂けたようだ。

だが、これだけで終わってしまっては、商売人としては二流である。

相手の期待に添う物を提供するのは商売の基本だが、相手の期待以上の物を提供するのが一流の商売人というもの。

「ところで、話は変わるのですが、ロバート殿は親子が離れ離れで暮らす事をどうお思いですか？」

タイミングを見計らい、思わせ振りな言葉を投げ掛ける。

「ルドルフ辺境伯、それは一体どういう意味ですか？」

「そのままの意味ですよ。遠い遠いどこかで我が子がどんな目に遭っているか、親はどんな気持ちでしょうね？」

どこぞの紳士の玩具にされる少女というものも、それなりに負の念を回収できそうだが、そこに一味加えるとどうなるだろうか。

「………」

「何か辛い目に遭っているなら、どうか一緒に居てあげたい。出来る事なら代わってあげたい。それが親心というものではないでしょうか？」

親とは、子を何よりも大切に想うもの。

子を玩具にされた親は、何を思うのだろうか？

親が玩具にされるのを見て、子は何を思うのだろうか？

「………まさか」

「はい、そのまさかです。母親も一緒に召し上がってはいかがですか？」

はたまた、二人同時に玩具にしてしまうなんていうのも、なかなか悲劇的かもしれない。

「ルドルフ辺境伯……貴方は、一体なんという事を………」

「おや、お気に召しませんでしたか？」

さあロバート殿、私のご提案する趣向はいかがだろうか？

「……素晴らしい、何と素晴らしい、まさか、ルドルフ辺境伯にそう言って頂けるとは……」

フハハハ、ロバート殿は、やはりとんでもない紳士だったようだ。

王都の貴族は、一体どれだけの闇を抱えているというのか。

「そこまで喜んで頂けるとは、提案した甲斐があるというものです。また後で、母親とも顔を合わせる機会を設けましょう」

ククッ、本当に王都の貴族様はいい趣味をしていらっしゃる。

「是非、お願い致します。だが、しかし……」

ロバート殿はそう呟くと、目を瞑り、じっと何かを考え始めた。

そして、しばらくするとゆっくりと言葉を紡ぎ始める。

「…………ルドルフ辺境伯、厚かましいお願いではございますが、あと二年……いえ、一年で結構です。お時間を頂けませんか？」

そう言えば、ご要望は確か一〇歳の少女。

ちょうど、少女が大人の肉体へと変貌を遂げる年齢か。

それは、子供が大人になり始める頃合い。

「では、ちょうど一〇歳の誕生日まで、二人ともファーゼスト家で面倒を見ましょう。そして、あの子が一〇歳になった日に誕生日プレゼントを差し上げるのです。いかがでしょうか？」

「よろしいのですか!?」

ロバート殿がそこまで拘るのであれば、一年や二年、私の所で面倒を見る事ぐらい構わない。

それに、その間多少良い生活を送らせてやるのも、良い案かもしれない。

絶望とは、幸せからの落差が大きければ大きい程、昏く深くなるものなのだから。

「ええ、あの子に素敵な誕生日を迎えさせるのです。中々の趣向でしょう？」

一〇歳を迎えるその日に、あの少女は何を失うのか。

「素晴らしい……なんと素晴らしい趣向だ！……私は、ルドルフ辺境伯を勘違いしていたようだ。

私の周りには中々理解してくれる者がいなかったが、どうやら貴方は違うようです！」

ロバート殿は、感極まった様子で喜んでいる。

やはり紳士の考える事は、計り知れないな。

「ロバート殿。私で良ければいくらでも力になりましょう」

「何という頼もしい言葉！　ありがとうございます、今日はルドルフ辺境伯に会えて、本当に良かった」

私も、あなたのような本物の紳士に出会えて嬉しく思いますよ。

「いえいえ、こちらこそロバート殿に喜んで頂けて何よりです」

御柱様への供物を、せっせと作り出してくれるのだからな、フハハハ。

「ルドルフ辺境伯、今後何かあれば是非私を頼って下さいませ。このロバート＝オオクラ＝トヨトミ、出来る事なら何でも致しましょう!!」

おやおや、そんな事を気軽に言ってはいけませんよ？

財務を担当する上級貴族なのだから、私のような悪徳領主に言質を取られては、何を要求されるか分からないですよ？

まあ、これもロバート殿の勉強だと思い、今回は彼の言葉に甘える事にしよう。

クククッ、彼の出来る事がどれ程の利益を生むか、中々楽しみである。

「心に留め置いておきます。……さて、話がまとまったところで一杯いかがですか？」

「是非、頂きます」

細かい話はさておき、ヨーゼフを呼んでワインを開ける。

はてさて、今回の商品の対価に何を要求しようか。

財務を担当しているのだから、ファーゼスト領が王国に納める税金でも誤魔化してもらうかな。

いくら払っているか知らないが、私が稼ぐ金は莫大だ。

それなりの金額を納めているはずなので、今回はかなりの利益が見込める。

クククッ、それにしても王都の貴族というのは、業の深い者が多いようだ。

あんな少女に何をするのか。

おまけに母親も一緒になど、身の毛もよだつ所業である。

年端も行かない少女が受ける絶望と、その母親が受ける絶望はどれ程のものになるだろうか。

彼女らの行く末を思うと笑いが込み上げてくる。

クックックッ、フハハハハ、アーハッハッハッハ！

せいぜい苦しんで、御柱様の贄となるがいい。

フフフ、フハハハハハハハ!!
ファーゼストの夜は暗いが、王都の闇はなお昏いらしい。

鍛冶師ワッツの華麗なる一日

朝、一日の始まりとして、日課になってしまったそれを今日も行う。

二年程前に自らの手で生み出した最高傑作を手に取り、油を染み込ませた布で手入れをしていく。

手から伝わる鋼の感触に、少しだけ笑みが浮かぶ。

アダマンタイトをここまで加工するのにどれだけ苦労したか。

鎚を振るうのに夢中になり過ぎて、どれだけの時間を忘れたか。

この作品一つに、自身の技術をどれだけ詰め込んだか……

過ぎ去ってしまった時間を思い出しながら、黙々と手を動かす。

だが、一通りの作業が終わってしまうと、まるで心地好い夢から醒めたように、途端に寂しさが込み上げてくる。

何故なら、今自分が手にしている物は、文字通りの最高傑作なのだから。

鉱山から採れる希少なアダマンタイトを惜しげもなく使い、秘伝の技術を使い硬度を増しつつ、同時に粘りも持たせる。

ただでさえ扱いの難しい鉱石で、炉と鎚と勘のみを頼りに幾日もの時間を費やして造り上げた一品。

　それがどれ程の技術の極致であり、鋼の極致であるかは、同じ鍛冶師でなければ理解できるものではない。

　しかし、そんな逸品を造り上げた事を誇りに思うと同時に、俺っちの心を襲ったのはある種の虚しさだった。

　つまり、この作品は俺っちの最終到達点であり、もうこれ以上の作品は造るどころか、想像する事すらできないのだ。

　胸を苛む虚無感を誤魔化すために、横に置いておいた酒瓶を一口呷る。

「ぷはぁー……ッヒク」

　鋼の頂を見て以来、本気で鎚を振るった事はない。

　やる事なす事が既知の物で、そこに新しい何かは存在しない。

　有り体に言えば、鎚を振るう意味を失くしたのだ。

　頂上に到達する虚しさを知った俺っちは、それからまもなくして鎚を置いた。

　俺っちが鎚を置いてからそろそろ一年が経つが、鉄を打たない日々がこんなにも退屈だったとは思いもしなかった。

　過ぎ去りし過去の栄光を見つめながら、また一口酒を呷る。

　いつからか味は分からなくなったが、酔えればそれでいい。

　鎚を振るう楽しみを失った俺っちには、それだけが唯一の楽しみなのだ。

「あんた！　やる事が無いなら、店番でもしておくれ！」

ちっ、人がせっかく酔ってるってぇのに、うるせぇかかあだ。

結婚した時は、俺っちを立てて一歩下がる貞淑な良い女だったが、今ではすっかり逞しくなっちまいやがった。

ああー、やだやだ。

年月っていうのは残酷だね、本当。

「あんたッ!!　さっさとしないと、酒を取り上げるよ！」

一人の女を、こんなにもおっかなくさせやがんだから。

「そんなでけぇ声出さなくても、わあーったよ！」

まったく、泣く子とかかあには勝てねぇな。

俺っちは、道具の片付けもそこそこに、急いでカウンターへと駆け出した。


「暇だな…………ッヒク」

かかあに怒鳴られて仕方なく店番をするも、特にする事はない。

ウチの工房は、その筋では名の知られた工房ではあるが、一族のみで運営しているため、抱えられる仕事の量には限りがある。

また、仕事一つ取っても、受注から納品までには数ヶ月から下手すれば一年以上掛かる事もあるため、店に訪れる客の数なんぞ高が知れてる。

一人も客が来ない日なんてのも珍しくねえ。

たまに、勘違いした馬鹿がやって来る事もあるが、そういったアホ共には、部屋の隅の樽に突っ込んである武器を売って追い払う事にしている。

「コイツを使いこなせるようになったら、また来な」とでも言えば、喜んで帰ってくれるので中々重宝している。

勿論、だからと言って手を抜いて造ってある訳ではない。

きちんと鍛造で造られており、そこらの安物よりもずっと丈夫な造りをしている。

だが、とても一級品と呼べる物ではなく、癖の無い初心者向けの品となっているだけだ。

追い払う時の言葉も嘘ではない。

これらの武器をきちんと使いこなせるようになれば、それは得物を扱える一人前になったという証拠。

もしそうなって再び店を訪れたなら、その時はこちらも快く注文を受けている。

……まあ、そんな輩は滅多に現れないがな。

「…………ッヒク」

カウンターに頬杖を突きながら、酒瓶を弄くり回す。

かかあに、一日に飲んで良い酒の量を制限されているため、チビチビと酒を舐めながら時間が過ぎるのを待つ。

そうして適当に時間を潰していると、店の外で馬車が停まる気配があった。

何やら話し声も聞こえ、しばらくすると扉が開いて二人の人物が店の中へとやって来た。

「失礼する、私はスズキ家のライアンと申すが、店主のワッツ殿はいらっしゃるか」

男の第一声に、俺っちは顔をしかめる。

「………なんでい、俺っちに何の用だ……ッヒク」

引退した俺っちを名指しで呼ぶなんて、碌な案件じゃない事が殆どだ。

大方、どこぞの貴族が俺っちを囲いたいとか、どうせそんな話だろう。

「おお、貴方が『黄金の鎚《ゴールデンハンマー》』と名高いワッツ殿でしたか。私は先日爵位を賜りました、ライアン＝スズキと申します。今日は、貴方の腕を見込んで依頼にやって来ました」

男が口にした内容は、俺っちの予想通りではあったが、相手の名前に少しだけ違和感を覚えた。

スズキと言えば、誰もが知る英雄が名乗っていた姓だ。

そのため王国では、許された者以外がその姓を名乗る事は重罪である。

……そういやこの間、魔の領域を解放した英雄が現れて、スズキを名乗る事を許されたってぇ話を聞いたが、この男がそうか。

どこかの馬鹿貴族かと思っていたが、こいつはとんだ大物だ。

「おう？　何だあんた貴族様だったのかい。……ッヒク、息子を呼ぶから、ちょいと待ってな。……ビッケ！　おいビッケ!!　貴族様のご依頼だぞ!!……ッヒク」

久し振りの仕事の注文を受け、俺っちは今代の『黄金の鎚《ゴールデンハンマー》』を呼んで、酒を一口呷る。

よく勘違いしているヤツがいるが、『黄金の鎚《ゴールデンハンマー》』は店の名前で、俺っちの事を指している訳じゃない。

一族の中で一番の腕前を持つ者の事を、店の代表者として『黄金の鎚《ゴールデンハンマー》』と呼ぶのだ。

「ワッツ殿、失礼ですがどうして息子を呼ぶ必要があるのですか？」

「あん？　『黄金の鎚《ゴールデンハンマー》』に仕事の依頼なんだろ？……ッヒク」

何を言ってんだ？

ウチの工房に仕事の依頼をしに来たんなら、店主が話を聞くのは当然だろ？

「ええ、なので貴方に仕事を受けてもらいたいのですが……」

そこまで言われて、ようやく合点がいった。

どうやらこの貴族様は、俺っちが引退した事を知らないみたいだ。

「おう何だ、あんたも勘違いしている口か？……ッヒク。俺っちはもう一年前に引退してな、『黄金の鎚《ゴールデンハンマー》』は息子のビッケに譲っちまったんだ。……ッヒク、悪いな」

そう言って、俺っちは軽く頭を下げる。

それを聞いた貴族様は驚いた顔をしていたが、やがて何かを考え始めたようだった。

「店主よ、少し試させて貰うぞ」

不意に横から声がかけられる。

ん？　あぁ、そう言えば貴族様の他にもう一人居たな。

見ると、男の手には一本の剣が握られており、どうやら部屋の隅にある樽の中から選んだ物のようだ。

「ああん？……ッヒク、あっちに専用のスペースがあるから、好きに使いな……ッヒク」

生憎とこちらは取り込み中だ、付き人はそこらで好きにしていてくれ。

俺っちが部屋の横にある扉を示すと、男は無言で扉の向こうへと去って行った。

扉の向こう側はちょっとしたスペースが確保されており、本来は出来上がった作品の具合を確かめて貰うため、剣を振ったりできるようになっている。

あの男も、適当に素振りでもすれば満足するだろう。

そう考え、とりあえず男の事は意識の外へと追いやった。

「……それでは、只《ただ》のワッツ殿に、私の領地で腕を振るって頂く事はできませぬか？」

さっきから、何を考えているかと思ったら、そんな下らない事を考えていたのか。

他にも色んな貴族様が、俺っちが引退してフリーになったと聞くと、声を掛けてきたが、そういう問題じゃねぇんだ。

「……ッヒク、貴族様、悪いが俺っちには、もう鎚を振るう意義を見出せねぇんだ……ッヒク。注文なら、息子に言ってくれ」

スズキの名を継ぐ程の、本物の英雄に声を掛けてもらえるのは職人冥利に尽きるってもんだが、生憎と今の俺っちは職人じゃねぇ。

「そうおっしゃらずに。貴方のような職人が引退するにはまだ早いでしょう」

そう言ってくれるのは嬉しいが、俺っちにはもうやれる気がしねぇんだ。

悪いが諦めてくれ。

「止めときな貴族様。親父には何を言っても無駄だよ。鋼の頂を見て、人の限界を知っちまったんだ……」

突然、奥から声が聞こえてきた。

ようやく息子のビッケが顔を出したのだ。

「バカ息子が、余計な事は言わなくていいんだよ！　ったく」

俺っちの役割はただの店番であるため、ビッケが来たなら俺っちの仕事は終わりだ。

あとは、今代の『黄金の鎚《ゴールデンハンマー》』に任せればいい。

「注文だろ？　『黄金の鎚《ゴールデンハンマー》』ビッケが話を伺うぜ」

「そ、そうですか……では」

貴族様は、どこか納得のいかない様子ではあったが、本来の目的を思い出したのか、ビッケの言葉に応じるようだ。

「けっ、一丁前の口を利くようになりやがって……ッヒク」

今代の『黄金の鎚《ゴールデンハンマー》』に、自分の席を明け渡しながらそう呟く。

一人前の顔をするようになった息子の姿に寂しさを感じ、俺っちは酒を一口喉の奥へと追いやった。


——その時だ。

ギイィィィィインンン!!

耳をつんざくような甲高い音が聞こえてきた。

その金属と金属がぶつかり合う不協和音は、先程男が入っていった部屋の奥から発せられたもの。

あの男、一体何をしやがった!?

全く気にしていなかったが、一体何者なんだ。

この貴族様の護衛?

いや、貴族様の方が圧倒的に腕が立ちそうである。

なんだか良く分からねぇな……

いや、今はそんな事を考えている場合じゃねぇか。

俺っちは急いで扉を開け、慌てて部屋の中へと駆けつける。

すると、そこには信じられない光景が広がっていた。

軽鎧を着た木人形が半ば真っ二つになっており、折れた刀身が木人形に突き刺さったままになっているではないか。

なっ、何て事してくれやがんだ。

素振りをしているだけかと思いきや、鎧に切りかかるたぁ一体何を考えてやがる!!

だが、それ以上に信じられないのは、この男のしでかした事の結果だ。

切られた軽鎧はいくら試着用とは言え、しっかりと拵えた実用に耐えうる物だ。

それを、鍛造とは言え二級品の剣でこんな風に切っちまうたぁ、何て腕をしてやがる。

目の前の男は、柄だけになった剣を捨てると、酷くつまらなそうな顔をしながら口を開いた。

「所詮は耄碌した酔っ払いの作品という事か」

男の呟いたその言葉に、ついカッとなって頭に血が上る。

「おうおうおう！　俺っちの作品を台無しにしておきながら、でけえ口を叩くじゃねえか!?」

切られた軽鎧は、まだ俺っちが現役だった頃に造った一品だ。

いくら昔の作品だとはいえ、台無しにされて気分の良いものでもない。

俺っちが声をかけると、男はようやくこちらに気が付いたようで、人を小馬鹿にしたような笑みを向けてくる。

「作品？　冗談を言うな、ただのナマクラだろう？」

な、ん、だ、とぉ!?

このクソ野郎、言うに事欠いて俺の鎧をナマクラだとほざきやがる。

「あぁん！　ナマクラとは言ってくれるじゃねえか、喧嘩売ってんのか!?」

ウチの店で暴れ回るだけでは飽きたらず、俺っちの鎧にイチャモンまでつけるたぁ、一体何様のつもりだ！

男のあまりの言い種に、怒りが募る。

「…………あの、ルドルフ辺境伯。実はですね、ワッツ殿は既に一年程前に引退しておりまして…………」

そこに貴族様が口を挟んで男を宥めるが、それを聞いた男の口から出た言葉は、火に油を注ぐものだった。

「…………なんだ、やっぱりナマクラではないか」

ブチンッ

俺っちの中で何かがキレる音がした。

「この野郎、二度もナマクラ呼ばわりしやがって…………」

英雄の付き人だかなんだか知らないが、偉そうにしやがって。

俺っちの鎧をナマクラと呼びやがんだから、腰の刀はさぞかし立派な物なんだろうな？

おうおう、そこまで言うなら『本物』ってぇ物を見せて貰おうじゃねえか。

「もう我慢ならねえ！　やいてめえ、そこまで言うなら俺っちにも考えがある。おめえの腰にぶら下げている物で、こいつを切ってみせやがれ!!」

そう言って俺っちは、朝手入れをしたばかりの最高傑作を指差す。

見るからに重厚に造られたその鎧は、最高硬度を誇るアダマンタイトをふんだんに使っている。

刀のような薄っぺらい刃なんぞ、文字通り刃が立つ代物ではない。

男にもそれが分かるのか、鼻で笑って相手にしようとしない。

……がしかし、これだけ店の中で暴れておきながら、ただで済ますつもりなど毛頭無い。

俺っちの最高傑作で、男の腰の刀をへし折ってやらないと気が済まないのだ。

「ああん？　それとも何だ、お腰のそいつはナマクラかい？」

だから、そう言って男を煽る。

――カチン
俺っちが言葉を発した瞬間、空気が変わった。

室内なのに、男を中心に風が吹いたような錯覚を覚える。

さらに、何と呼べばいいのか。殺気というか、闘気というか……とにかく、男から何とも言えない圧力を感じ、俺っちは一歩後ずさった。

「…………クックックッ、フハハハハ、アーハッハッハッハ！」

男が不敵な高笑いを上げる。

「老いぼれの玩具と一緒にするな！」

人を小馬鹿にしたような態度は変わらないが、先程とは打って変わった威容を放つ。

「ふん、貴様のナマクラと、私の愛刀の格の違いを見るがいい」

俺っちは、今まで感じた事の無い程の気配に気圧され、一気に酔いが覚めてしまった。

しかし、男はそれだけ言うと、それ以上は何もせずに背を向けて行こうとする。

「ライアン殿、このような工房に頼むのは止して帰りましょう」

「いえ、ルドルフ辺境伯……その…………」

「私は、愛刀のメンテナンスを先に済ませる事にしますので、また後程」

男は、言いたい事だけ言って店から出て行ってしまった。

……一体何だったのだろうか。

でかい口を叩いた割には何もせずに帰って行きやがった。

男が去った事で、部屋の中の緊張がようやく解ける。

しまった！　あの男の雰囲気に飲まれて、結局うやむやにされてしまった…………

だが、そこまで考えた所で、背後からズシンという重たい何かが地面に落ちる音が聞こえ、俺っちの思考は無理やり中断させられた。

「…………」

何の音だ……いや、まさか…………そんな、ありえない…………

俺っちは、何処か祈るような気持ちでゆっくりと背中を振り返る。

「…………」

目に飛び込んで来た光景に、思わず呼吸を忘れてしまう。

最高傑作が。

鋼の頂が。

詰め込んだ技術の結晶が。

鍛冶師の到達点が。

そして何より、俺っちのプライドの塊が見事に切り裂かれていた。

それも斜め一文字に一刀両断。

鏡面の如く輝く断面は、見事としか言いようがない。

「…………一体いつ、どうやって？」

「ワッツ殿が、『ナマクラ』と言った瞬間です」

思わず漏れた俺っちの疑問に、貴族様がそう答えてくれた。

カチンと聞こえたあの音は、聞き間違いではなかったのか。

あの時、風が吹いたような気がしたのも、錯覚ではなかったのか。

信じられない、一瞬の事で全く分からなかった。

だが、あの男がどれ程の技量を持っていようとも、納得がいかない事がある。

あの鎧は、どれだけの腕をしていようが、薄っぺらい刃を通す程甘く造ってはいないのだ。

「ワッツ殿の鎧も見事な物でしたが、ルドルフ辺境伯の刀は魔道具……いえ、神器と言って差し支えないレベルの物です」

考えが顔に出ていたのか、またしても貴族様が答えてくれた。

どれだけ優れていても、神秘を前にしてしまえば鍛えただけの鋼に意味など無い。

魔道具…………いや、神器だったか。

あの刀は、神代の神秘を内に秘めた一振《ひとふり》だったのか。

…………そうか、そういう事か。

「ふふふ、ぶわっははははははは!!」

今までのモヤモヤとしていた気持ちが、笑いと共に心の内から抜け出していく。

「ワッツ殿？　一体どうされたのですか？」

愉快だ、こんなに愉快な気持ちになったのは一体いつ振りだろうか。

今まで鬱々としていた気分が嘘のように、晴れ晴れとしやがる。

「ライアン様、先程は大変失礼致しました。言葉を翻して申し訳ありませんが、是非俺っち……いえ、私の腕をライアン様の領地で使っては頂けませんか」

身を改めて、ライアン様にそう願い出る。

「それは願ってもない事なので構いませんが、一体どういった心境の変化があったのですか？」

「ドワーフは、本来、神代の神秘を受け継ぐ種族でした。しかし、いつしかそれは失われてしまったのです。私は、その神秘を取り戻したいと思います」

そう、あの鎧はあくまでも人の業《わざ》で造られた代物。

それをあのクソ野郎は、神代の神秘でもって粉砕していきやがった。

俺っちのプライドを嘲笑うかのように、一刀の下に切って捨てて行ったのだ。

『所詮、人の業《わざ》などこんなものだ』と言われている気さえする。

上等じゃねえか、ここまでされて黙っているようでは、鍛冶師の風上にも置けねぇ。

そっちがそう言うなら、こちらも同じステージに立つまでだ。

「親父、一人で行く気か？」

息子のビッケが、声をかけてきた。

「おうよ、止めても無駄だぜ」

どうせ店にいても、特にする事なんて無かったんだ。

俺っちがいなくなったって、問題無く店は回る。

「そうじゃない、弟のバッケも連れていってくれ」

息子の言葉を聞いて、言葉に詰まった。

もう一人の息子は、生まれつき体に色が無く、日の光の下に出るとすぐに火傷を負ってしまうという奇病を患っていた。

体毛も薄く、ドワーフらしくない。

医者の話では、妖精としての血が色濃く出たのではないかとの事だった。

「バッケの目は必ず役に立つ。それに『耐火《レジストファイア》』の魔術を覚えてからは、日常生活も問題無いはずだ」

また視力が悪く、物が見え辛い代わりに、目に見えない物を感じる能力がずば抜けている。

神代の神秘を取り戻したいと考えるなら、うってつけの人材だ。

「私は構いません。二人ともスズキ家で生活の面倒等を引き受けましょう」

話を聞いていたライアン様が、そう仰って下さる。

「ありがとうございます」

ライアン様に礼を言って、頭を下げる。

そうして話が纏まった所で、俺っちは一つ気になっていた事を伺う事にした。

「ところでライアン様。先程のあの男は一体何者ですか？」

付き人だとばかり思っていたが、ライアン様への言動を思い返してみれば、それはどうやら違う様子。

英雄の名を継ぐ方と、あのように気安く言葉を交わすあの男は、一体どのような人物なのか。

「ワッツ殿は王国の麒麟児の事を聞いた事はありませんか？　あの方が、ルドルフ＝ファーゼスト辺境伯その人ですよ」

笑いながら男の正体を明かすライアン様。

……そうか、あいつが噂に名高い麒麟児だったのか。

噂ではもっとスマートな奴だと思っていたが、実物はとんでもないクソ野郎じゃねぇか。

「早速ですが、移住について手続きがありますので、とりあえず私はこれで失礼致します。追って人を遣わしますので、詳しくはまた後程」

ライアン様は、そう言って丁寧な一礼をすると、店から去って行った。

借りを返す相手も分かった事だし、俺っちは、早速引っ越しの準備に取りかかる事にする。

まずは、あのクソ貴族に切られた鎧の後片付けからだ。

「覚えていやがれ、いつかその刀をへし折ってやるからな！」

手にした鎧の残骸に、悪態を吐いてニヤリと笑う。

俺っちの心の炉に火を灯してくれたお礼は、いずれきっちりとさせてもらうとしよう。

どこからか、あのクソ貴族の高笑いが聞こえてくるような気がしていた。

料理人トニーの華麗なる復讐

厨房の中に、何かをすり潰す音だけが響く。

丁寧に丁寧に。

形が残らないようにペースト状になるまで、ひたすらそれをすり潰していく。

——遂に、遂にこの日がやって来た。

どれだけこの日がやって来るのを待ち望んだ事だろうか。

私がこのオーレマインにやって来て早五年。

いつかこの日がやって来ると、信じて待った甲斐があった。

五年前、私を王都から追い出したあの傲慢な貴族が、今日、私の店にやって来るというのだ。

今日こそが私の復讐の時。

ククッ、これを口にした時、あの貴族は一体どんな反応をするだろうか……

その瞬間を思い浮かべると、暗い愉悦が込み上げてくる。

私は、いつこの日が来てもいいように、ある場所と秘密裏に契約を結んだ。

そして今日は、特上品質のブツを用意して貰ったのだ。

古い物だと特有の匂いがしてしまうので、口に入れてもバレないように、今日の朝一に収穫された物だ。

252

また、生のままではとても口には入れられないため、一度熱を通して柔らかくし、違和感がなくなるまですり潰す。

さらに、熱を通すと甘みがでるため、他の食材と合わせて一つの料理として味を調和させる。

あの貴族に復讐するために今日まで研鑽を積んできたのだ、まず間違いなくバレる事はない。

用意したブツの下処理をしながら、私はあの日の事を思い出していた。

私はこの五年間、あの日に受けた屈辱を忘れた事は無い。

あの日は、今日と同じような、季節の移り変わりを感じる肌寒い日だった。


あの日、私はいつもと同じように、王都のとある店の厨房で働いていた。

そこは王都でも指折りのレストランで、当時の私は周囲にその腕を知らしめていた。

きっかけは、店内のコンペに私が参加した事に始まる。

コンペに提出した料理が評価され、実際に店頭に並べてみると、これが大ヒット。

それから新しいメニューを開発するも、次から次へと評判になり、幾つかは店の看板メニューになる程だ。

それ以来、私は天才料理人として評され、上司には目を掛けて貰い、この若さで次期副料理長、ゆくゆくは料理長の座も約束されていた。

そんなある日の事だ。

突然とある貴族から、食事の予約が入ったのだ。

その日は、たまたま料理長が所用で店におらず、副料理長が音頭を取って事に当たる事になった。

その時、私は料理の幾つかを担当する事になり、そして副料理長からは「好きにやれ」と言ってもらえ、全身全霊をもって事に当たる事にした。

私は、今まで温めていたアイディアを、ここぞとばかりに料理に込め、出来上がった料理をその貴族に供した。

王都で培った経験の集大成とも言えるその一品は、間違いなく王都でも史上に残る程の料理となったであろう、自慢の一品。

今までコンペに提出した料理も、店の看板になったメニューも、全てはこの一品を作り出すためだけにあったと言っても過言ではない。

私の全てを注ぎ込んだ一皿。


…………それを、その貴族は否定したのだ。


今でも、あの時の事をありありと思い出す事ができる。

「おい、誰がこの料理を作ったのだ」

その時の私は、厨房にいたのでテーブルの様子が分からず、てっきり称賛の言葉を頂戴するとばかり思い、喜び勇んで姿を現した。

だが、テーブルに顔を出してみると、なにやら様子がおかしく、不穏な空気が漂っていた。

「貴様が、これを作ったのか？」

貴族の男は、不機嫌さを隠そうともせずに床を指差す。

私はその様子に戸惑いながらも、床に目を向けると、信じられない物が目に飛び込んできた。

丹精込めて作った自慢の料理が、床にぶちまけられていたのである。

何故だという困惑する気持ちと共に、怒りが湧いてくる。

「閣下のお口には、合いませんでしたか？」

怒りに支配された私の口から出てきたのは、謝罪の言葉ではなく、問い詰めるかのような、非常に憮然としたものだった。

「フン！　こんな物を私が口にする訳がないだろう」

貴族の放った言葉に、更に怒りが募る。

この貴族は、私の全てを込めたと言っても過言ではない一皿を、見ただけで床にぶちまけたというのだ。

「では、閣下は一口も食べずに、私の料理を評価するのですね？」

いくら、私のプライドが踏みにじられたとは言え、貴族に物申すなど愚か者のする事。

だが、その時の私は、そんな事も分からないぐらいに、どうかしていたのである。

「…………ほう、私に口答えするとは、いい度胸だ。這いつくばって謝罪をすれば許してやろうと思ったが止めだ。……ククク、今後は王都で仕事ができると思うなよ」

貴族はそう言って、代金も払わずに店を去る。

そこまでして、ようやく私は、自分が何をしてしまったのかに気が付いた。

貴族に対して、あのような態度を取ってしまった事に頭を抱えるが、もう遅い。

案の定、貴族の不興を買った私は、身の振り方を考える羽目になったのだ。

翌日、いつものように店に出向くと、早々に料理長と支配人に呼び出された。

嫌な予感はしていたが、予想通り、支配人からは解雇《クビ》を告げられたのである。

話を聞いてみると、王都の主立ったレストランには手が回っているらしく、私を雇う店は無いだろうとの事。

「……ハハハハハ」

笑いしか出てこない。

あの貴族は本気で私を王都から追い出すようだ。

さすがに憐れに思ったのか、支配人が、他の街にいる知り合いの店を紹介してくれ、私はそこで世話になる事になった。

仕事の心配をしなくて済んだのは、幸いだったと言えよう。

こうして私は、工房都市オーレマインに身を寄せる事になったのだ。

後で耳にしたところによると、あの貴族は大層なニンジン嫌いだそうで、私の料理にそれが入っていた事が、今回の件の真相だそうだ。

何と下らない話だろうか。

私は、たかがニンジンごときに、料理人としての未来を潰されたのだ。

全く、冗談じゃない。

結局あの貴族は、料理の中にニンジンが入っているのを見ただけで、料理を床にぶちまけたのである。

料理人として、これ程の屈辱があるだろうか。

怒りで我を忘れそうになる。

それ以来、私は、何かに取り憑かれるように料理の研究を始めた。

私をこのような目に遭わせてくれた貴族に、絶対に目に物見せてやると、復讐を誓ったのだ。

そうして日々を過ごしながら、私は機会が訪れるのを虎視眈々と待っていた。


そして、ようやくその時がやって来た…………


今日の昼前ぐらいの事。

貴族の侍従を名乗る人物が店を訪れ、今夜、店を貸し切りにしたいと言ってきたのである。

五年前と同様に、突然の話だ。

店内は騒然となったが、いつでも対応できるような心構えをしていた私は、冷静に対応をする事ができた。

落ち着いて、侍従から貴族の名前を聞き出す。

『ルドルフ＝ファーゼスト辺境伯』

侍従の口から出てきたのは、待ちに待った復讐相手。

思わずにやけそうになるのを必死に抑えて、侍従に一つの提案をする。

「ルドルフ様に、特別な料理を提供させては頂けませんか？」と。

侍従は、特に疑う事もせずに肯定の意を示して帰って行った。

あまりにも簡単に事が運ぶので、拍子抜けしてしまったぐらいだ。

こうも簡単に準備が整ったのは、オーレマインでの信頼を勝ち得ていた事が大きかったのかもしれない。


やはり、普段からの行いを、神様は見ておられるようだ。

再びあの傲慢な貴族に巡り会えた事を神に感謝し、祈りを捧げる。

……さて、ここからは時間との勝負である。

今から夜まで、そう多くの時間はない。

私は、この日のために秘密裏に契約した伝手を頼り、急いでブツを用意して準備に取り掛かった。


待ちに待った待望の機会が訪れる。

準備は滞りなく完了し、待ち人も、先程支配人が店内へと案内をしてきた。

五年もの歳月で醸成された私の怨みは、最早抑えられそうにない。

私は、それらを皿の上に込めながら、手際良く料理を仕上げていく。

前菜に始まり、頃合いを見てスープの皿も配り終える。

……そして、今頃はメインディッシュの料理を堪能している頃だろうか。

洗い場に返ってきた前菜とスープの皿は、欠けらも食べ残しの無い綺麗な状態。

それを見て、私は復讐が成った事を確信する。

私の恨みと五年間の研鑽は、あの時の貴族に気付かれる事なく、無事に胃の腑へと収まったようだ。

その様子に満足し、私はデザートを自らの手で運ぶ事にした。

「……ご満足頂けましたか？」

テーブルの上に目を向ければ、メインディッシュも綺麗に片付いているのが見て取れた。

その事に思わず笑いが込み上げてくるが、必死に堪える。

「貴様が今日の料理を作った料理長か？」

「はい、閣下のお口には合いましたか？」

何も残っていない皿を見れば一目瞭然ではあったが、この貴族の口から直接聞かずにはいられない。

「ああ、しっかりと堪能させて貰った」

貴族は、はっきりと満足そうに答える。

「大変光栄なお言葉ありがとうございます……ククッ」

五年前は一口も食べずに料理を評価していた男が、私の特別料理をしっかりと堪能したそうだ。

何を食べさせられたのかも知らず、のんきなものである。

「貴様、名前は？」

「トニーと申します」

「トニーか、覚えておくとしよう」

「ありがとうございます……クックッ」

この期に及んで、名前を聞いてくるなんて、ずいぶんと余裕な様子。

「もし貴様が望むのなら、知り合いの貴族や王都の料理店を紹介してやるが、どうだ？」

極めつけにこの台詞だ。

私を王都から追い出した張本人だというのに、王都の店を紹介してやるなどと、何という言い種だろうか。

「大変光栄なッププ……失礼。大変光栄な事ではありますがッププ…………もうダメだ、我慢していられるかプハ、プハハハハハハハハ!!」

あまりの滑稽さに我慢ができず、腹の底から笑い声を上げてしまった。

あれだけの事をしておいて、今更、手のひらを返したようなこの態度は、一体何だというのだ。

「…………貴様、何を笑っている」

貴族は、ようやく私の様子がおかしい事に気が付いたようだ。

「私を王都から追い出した閣下が、王都の店を紹介すると言うのです。これが笑わずにいられますか!?」

「……何？」

「やはり、閣下は忘れていらっしゃるようですが、私は一日たりともあの時の屈辱を忘れた事はありませんよ！」

あの日、私の全てを懸けた料理は、この男のニンジン嫌いによって地に棄てられたのだ。

これを屈辱と呼ばずに何と言うのか？

「ふん、知らんな」

だが、貴族は素知らぬ顔で答える。

全く、どこまでも傲慢な男である。

しかし、その余裕がいつまで保てるか楽しみだ。

果たして、この話を聞いても平気でいられるだろうか？

「プハハハハ、今日の料理に何が入っていたのかも知らず、よくそんな顔ができますね」

そう、今日用意した料理は全て、ある物が盛られた特別なコース料理。

「何……だと。…………貴様、一体何を入れた!?」

「何を入れたか？……プハハハ、閣下が私にした仕打ちを考えれば、何を入れたかなんて決まっているでしょう？　それが私の復讐なのですから」

私はニンジンによって王都を追放されたのである。

それならば、ニンジンで復讐するのが筋というもの。

つまり、この貴族が大嫌いなニンジンを、それと分からない形で食べさせるというものだ。

前菜は、ニンジンのムース。

スープは、かぼちゃとニンジンのポタージュ。

メインは、ニンジンハンバーグ。

……プハハハハハハハハハ！

あれだけ絶賛していた料理には、全て閣下の大嫌いなニンジンが入っているのですよ!!

「……なっ!?」

ようやく事の重大さに気が付いたのか、貴族は急いで口の中に指を突っ込み、料理を吐き出そうとする。

おやおや、吐き出したい程までにニンジンが嫌いですか？

それなのに、あんなにたっぷりと食べるなんて、閣下もやればできるじゃありませんか、プハハハハハハハ！

「今更そんな事をしても無駄ですよ、一体どれだけの料理を食べたと思っているのですか」

それに、あれだけ旨い旨いと食べておきながら、今更吐き出す事に何の意味があるのですか？

良いじゃありませんか、ニンジンが食べられるようになったのですから、素直に喜んだらどうでしょうか。

プハハハッ、あぁー良い気味だ。

「貴様、…………ただで済むと思っているのか?」

貴族はそう言って、私を睨み付けてくる。

ただで済ます？　この貴族は何を言っているのですか？

「プハハハ、あれだけ食べておいて、ただで済む訳がないでしょう？　きっちりとお代は頂きますよ」

五年前は、一口も食べなかったのでお代は頂きませんでしたが、今日は違います。

まさか貴族ともあろうお方が、料理店でしっかり食事をしたのに、お金を払わないなんて言いませんよね？

「トニー、貴様の名前は覚えたからな！………ヨーゼフ、ヨーゼフ!!」

そう言うが早いか、貴族は急いで店の外へと駆け出してしまった。

「おっと、何処へ行こうというのですか？」

まだ、本日のコースは終わってないというのにどうしたというのだ。

途中で席を立って、それも大声を出しながら走るなんて、テーブルマナーがなっていませんね。

最後の一品は、私の自信作だというのに、なんと勿体無い。

皿の上に盛られたそれは、素材の甘さを最大限に生かした逸品。

閣下も一口食べれば、その魅力の虜となるでしょう。

……さぁ閣下、好き嫌いはいけません。

デザートのキャロットケーキを召し上がれ!!

ロバート達の華麗なる一日

チュンチュンとさえずる小鳥の鳴き声によって、目が覚める。

……知らない天井だ。

いや、確か私はファーゼスト家に泊まったはずだ。

昨夜は、かなりの量のワインを飲んだので、記憶が少し曖昧である。

昨日の事を思い出そうとしていると、不意に布団の中で何かがもぞもぞと動き出す。

「おはようございます」

私の布団から顔を覗かせている女性は、昨日ルドルフ辺境伯に紹介された少女の母親だ。

やはり、夢ではなかったか…………

昨夜、へべれけに酔った私が部屋に戻ると、彼女は顔合わせのためにと部屋の中で待っていたのだ。

当然ながら、私達は一糸纏わぬ生まれたままの姿。

本当に、何故こうなったのか。

事の始まりは、私が『紳士倶楽部』という名の娼館にやって来た事だった。

私は家の当主に就任したばかりで、その日は、多くの情報が集まる場所として『紳士倶楽部』を父から紹介され、店まで足を運んでいた。

やって来たはいいものの、このような場所に来るのは初めての事で狼狽えてしまい、私は店の入口で右往左往してしまう。

「先輩ー、ロバート先輩ー！　こっちこっち！」

だがその時、懐かしい声が私の名を呼んだ。

声の主は学園時代の後輩。

実に何年振りの再会だろうか。

そう言えば、今日は彼の弟の叙爵式だったたな。

普段は辺境の領地にいる彼が、王都にやって来ているのはその為か。

普段から調子の良い男だったが、今日は酒が入っているらしく、記憶にある姿より一段と調子が良かった。

……というより、うるさいし鬱陶しい。

そんな彼だが、この店には慣れているらしく、一人にされる事に比べれば幾分かましである。

今日は酒が入っているせいであんなだが、根は真面目ないい奴だ。

今日は頼りにさせて貰おう。

「ロバート先輩はどうします？　あっ、私が奢りますよ、初めての『紳士倶楽部』なんですから、楽しんで下さい」

後輩はそう言って、私に注文を促す。

そうは言われても、今日は店への顔繋ぎ程度に考えていたので、したい事も欲しい情報も特にない。

しかし、店に入ったからには何も頼まない訳にもいかない。

「難しい顔をしてないで、何でも言って下さいね」

後輩は、そう言って更に注文を促す。

何でもか…………

特に欲しい情報は無かったが、その言葉を聞いて、ふと思ってしまった事があった。

それは、無事に生まれたかどうかも分からない私の子供の事だ。

昔、私は屋敷で働く一人の女性を愛してしまった事があった。

だが、彼女は身分が低かったため、妊娠が発覚すると、私の知らない間に屋敷を追い出されてしまったのだ。

今どこにいるのか、生きているのかどうかすら分からない。

もし何でも分かるのなら、今どうしているかが知りたい。

もし無事に子供が生まれていたなら、今いくつになっているだろうか。

「……………一〇歳ぐらいか」

私の口から、ぽつりと言葉が漏れる。

「…………え？　一〇歳ぐらいの女の子？　いや、さすがにそれはいくらなんでも……」

後輩のその言葉で、自分が何を口にしたかに気が付き、はっとする。

娼館で注文を聞かれ、一〇歳ぐらいと答えればどうなるか。

「ち、違う、そうじゃない！　私が言いたいのは……」

「先輩、そんな趣味していたんですね？」

「だから、違うと言っているだろうが!!」

「そ、そんな怒らないで下さい、口外なんてしませんよ」

くっ、この酔っ払いめ！　口外するも何もお前の勘違いだ!!

それからどうにかこうにか誤解を解こうにも、酔っ払いが相手では暖簾に腕押し。

否定すればする程、誤解を深める羽目になってしまった。

店の従業員に、一〇歳ぐらいの子供がいなかった事は、幸いだったと言えよう。

「私が先輩のために一肌脱ぎますよ。こう見えても、私はこの店の店主と顔馴染みなんで、話を付けておきますよ」

だから、脱がんでいい。

店主にまで誤解を広めるな！

お前は無駄に顔が広いのだから、余計な事をするんじゃない!!

「では、いいですか？　先輩との再会を祝して、カンパーイ!!」

誰が良いと言った？　乾杯じゃないだろ!?

ええいこの酔っ払いめ、素面《しらふ》に戻ったら覚えていろよ!!

だが話はこれで終わらず、あれよあれよという間に事は大きくなっていった。

後輩から店のオーナーへ、店のオーナーからファーゼスト辺境伯へと話が伝わり、いつの間にか正式にアポが取れてしまい、気が付けば、辺境に足を運ばなければならないまでに事態は進展してしまった。

……誰がそこまでしろと言った。

形式上とはいえ、私が少女の紹介をして欲しいとお願いをしている立場なのだから、何の理由も無しに訪問を取り消すのは非礼である。

それに加え、あの麒麟児が、私の来訪を正式に受理したのだ。

たとえ誤解だったとしても、直接私が顔を出さねば収まりがつかない。

くそッ、あの酔っ払いを一発殴っておけば良かった。

こうして、私は遠く離れたファーゼスト領へと赴く事になってしまったのだ。


トントン拍子に決まったファーゼスト家への訪問だったが、急な来訪にも拘わらず、ルドルフ辺境伯からは厚い歓待を受けた。

特に、先程食べた夕食。

口に入れた時の感動たるや、フォークを銜《くわ》えたまま固まってしまった程である。

おまけに、ルドルフ辺境伯はそのレシピを快く渡してくれると言うではないか。

借りを作る事は分かっていたが、あの料理の魅力には逆らう事はできず、私はありがたく頂戴する事にした。

これだけでも、ファーゼスト領に足を運んだ甲斐はあったというものだ。

「ルドルフ辺境伯、この度は急な来訪にも拘わらず、このような歓待を頂き誠に感謝致します」

「なんの、シュピーゲル家の次期当主と、紳士倶楽部のオーナーの紹介を受けていらっしゃるのですから、私としても、正式な客人を迎えるのは当然の事です。お気になさらず」

ルドルフ辺境伯はそう言って、本当に何でもないかのように答える。

やはりルドルフ辺境伯ぐらいの人となれば、あの程度のレシピなど、はした金と同義のようだ。

同じ貴族とは言え、その感覚の違いに、どこか遠い雲の上にいるような距離感をルドルフ辺境伯に感じた。

これが、麒麟児と言われる人物か。

なんと言うか、人としての格の違いのようなものを感じる。

「そう言えば、何でもロバート殿は、とあるものを探しにファーゼスト領にいらっしゃったとか？」

私が考え事をしていると、ルドルフ辺境伯からそう切り出された。

先程までの浮ついた気持ちを切り替えるため、椅子に座り直してルドルフ辺境伯と相対する。

「ええ、実はその事なのですが……その、どうやら誤解があるようでして……」

さて、噂の麒麟児を前にしてどう誤解を解いたものか。

私が少女趣味《ロリコン》と勘違いされたままでは、この先色々と不都合がある。

特に、ルドルフ辺境伯は各方面に強い影響力を持っているため、もしその口から私が少女趣味《ロリコン》などという話が漏れれば、その噂はまことしやかに囁かれるだろう。

「おや、紳士倶楽部のオーナーからは、あるものを探していらっしゃると伺いましたが、違いましたか？」

「いえ、それは違わないのですが…………その、私は別に一〇歳ぐらいの少女を探している訳では…………」

確かに、何かを探しているかと言われればその通りではある。

だがそれは、決して私が少女趣味《ロリコン》だからという理由では無い。

その誤解だけは解かなければならない。

「ロバート殿、分かっております」

ほっ、良かった。

流石はルドルフ辺境伯、噂通りの情報通でいらっしゃるようだ。

どういった情報網をお持ちか分からないが、こちらの事情は把握している様子。

「ルドルフ辺境伯、いや、本当に申し訳ない」

こんな下らない勘違いのために、忙しいルドルフ辺境伯のお時間を費やしてしまい、本当に申し訳ない。

そう思い、私はルドルフ辺境伯に頭を下げた。

「人は誰しも、他人には言えない事の一つや二つあるものです」

「………ルドルフ辺境伯？」

何やら雲行きが怪しい。

全く、これっぽっちも誤解が解けている気がしない。

いやむしろ、誤解が深まったような気さえする。

「貴方が何を愛でようとも、良いではありませんか。たとえそれが周囲の理解を得られなくとも、大切なのは貴方がどう思っているかでしょう？」

そう言ってルドルフ辺境伯は不敵に笑い、こちらの心を見透かすように見つめてくる。

……待てよ。

果たして、一〇歳ぐらいの少女を紹介して欲しいなどという下らない案件で、ルドルフ辺境伯との面会が許されるだろうか？

こんな些事に、貴重な時間を費やすなどありえないのではないか？

ルドルフ辺境伯と言えば、情報通で知られている。

ひょっとして、私の本当の事情についても調べが付いているのではないだろうか。

「…………まさか、ルドルフ辺境伯」

もし、今回の件を、本当の意味で知っていたとしたら、今までの話も違う意味を帯びてくる。

私が誰を愛していたか、何を探しているのか……

「フフフ、ご安心下さい。他言は致しませんよ。ロバート殿とは良い関係でありたいですからね」

ルドルフ辺境伯は、そう言って静かに笑った。

「…………」

いや、流石に私の考え過ぎか。いくら何でも、話が出来過ぎている。

もし仮にそうだったとしても、どうやって私の子供を見つけるのだ？

調べるにしても、こんな短期間で何ができる。

普通に考えればありえない事だ。

「さて、今日はせっかくロバート殿のために、ご用意させて頂いたのです。ゆっくりと品定めして下さいませ」

まあ、せっかくルドルフ辺境伯が場を設けてくれたのだから、それを無下にするのも悪い。

「…………ルドルフ辺境伯、宜しくお願い致します」

だが、ルドルフ辺境伯の噂は、いつも驚かされる逸話ばかり。

もしかしたら、ひょっとしたら、そういった気持ちが無いと言えば嘘になる。

「では早速。……入れ」

ルドルフ辺境伯がそう言うと部屋の扉が開き、メイドの格好をした一人の少女が姿を現した。

少女は、私の前でぎこちなさの残る一礼を披露し、にっこりと微笑む。

「な、何と…………」

一目で分かった。この子は私の子だ。

目鼻は、私の子供の頃に良く似ている。

顔の雰囲気は母親そっくりだ。

癖っ毛な所は、私の父譲りだろう。

だがそれ以上に、見た瞬間なんとも言えない感情が胸の内より湧いてきた。

しっくりくるというか、収まりがいいというか……

この子が私の子供だと言われて、どこか腑に落ちる思いがするのだ。

「お気に召されましたか？」

「……ルドルフ辺境伯、この子の年齢は？」

その質問は、もはや私の確信を裏付けるための物でしかない。

「八歳です。…………どうぞ、他にも何かご質問等があれば、直接お聞き頂いて構いませんよ」

「……それでは」

私は少女の目の前で片膝を突くと、目を合わせながら優しく語りかける。

「君の名前は？」

「アンナです、八歳です」

アンナ……それはもし娘が出来たら付けようと、二人で考えていた名前だ。

「身体はどこか悪くないかい？　風邪を引いたりはしてないかい？」

「アンナは元気だよ……です！　辺境ッ子はみんな丈夫なのです！」

そう元気に答える姿に嘘偽りは無い。

そうか、娘達はファーゼスト領で元気に暮らしていたのか。

「お母さんは元気かい？…………あと、その、お、お父さんは？」

私の愛した人がどうしているのか、聞くのが少し怖かったが、聞かない訳にはいかない。

「お母さんは元気です、お父さんはいません」

アンナの言葉に、私は少しほっとしてしまった。

あれから一〇年近くも経つのだ。

新しい伴侶を求めていてもおかしくはなかったが、彼女はそうしなかったようだ。

「今の暮らしは辛くないかい？」

女手一つで娘を育てるのは、一体どれ程の苦労だろうか。

アンナも辛い生活を送っていたのではないだろうか。

貴族としての暮らししか知らない私には、想像も付かないものだったに違いない。

だが私の心配を、アンナは満面の笑みで否定する。

「ルドルフ様のお屋敷でお勉強をするのは楽しいです！　お母さんみたいな、素敵なメイドになって運命の人と出会うの!!」

その言葉を聞いて、私の頬を涙が一筋伝う。

アンナは、母親が私と出会った事を、まるで夢物語か何かのように嬉しそうに話すのだ。

ふとあの頃の思い出が甦る。

彼女の楽しそうに笑う笑顔。

一生懸命に働く姿。

腕の中で恥ずかしそうに、はにかむ愛しき人。

どれだけの月日が流れても、一向に色褪せる事のない思い出の数々。

「ルドルフ辺境伯、もう結構でございます」

流した涙を隠しながら、私は席へと戻る。

「もういいぞ、戻れ」

ルドルフ辺境伯がそう言うと、少女は再びぎこちない一礼をして去っていく。

私はその後ろ姿を見つめながら、物思いに耽る。

誰が想像できただろうか。

後輩のとんでもない勘違いに始まり、辺境まで謝罪に足を運んでみれば、そこには私の過去の心残りが待っていた。

子供の元気な姿は見る事ができた。

……だが、それで？

それで私はどうしたいというのだ？

あまりに急な事で、考えが追い付かない。

子供の事が気掛かりだった事に嘘偽りは無いが、いざ目の前にすると、これからどうしたらいいのか分からなかった。

あの子を我が子として家に呼び戻す？

……馬鹿な。

現在、私には跡継ぎどころか、伴侶すらいない。

そこへ、平民との間に生まれた子供が第一子となれば、家中は揉めに揉める。

そもそも、あの子の母親が屋敷から追い出されたのは、そういった騒動を起こさないためである。

遠ざけた騒動の種を、私が自ら呼び戻してどうするというのだ……

「ところで、話は変わるのですが、ロバート殿は親子が離れ離れで暮らす事をどうお思いですか?」

私が物思いに耽っていると、ルドルフ辺境伯がやや芝居がかったような口調で問い掛けてきた。

「ルドルフ辺境伯、それは一体どういう意味ですか?」

私はルドルフ辺境伯が何を言いたいのか分からず困惑する。

「そのままの意味ですよ。遠い遠いどこかで我が子がどんな目に遭っているか、親はどんな気持ちでしょうね?」

ルドルフ辺境伯は今の私の事を言っているのか?

「………………」

そんなもの、一緒に居たいに決まっている。

誰が好きこのんで、離れるものか。

「何か辛い目に遭っているなら、どうか一緒に居てあげたい。出来る事なら代わってあげたい。それが親心というものではないでしょうか?」

そんな事、言われるまでもない。

親子三人で一緒に暮らしたいと、どれだけ願った事か。

……だが、ルドルフ辺境伯の口振りはどうだ？

これでは、まるで私達が一緒になるべきだと言っているようではないか。

「…………まさか」

「はい、そのまさかです。母親も一緒に召し上がってはいかがですか？」

さも当たり前の事かのように、それを言葉にするルドルフ辺境伯。

「ルドルフ辺境伯……貴方は、一体なんという事を…………」

ここまできて、ルドルフ辺境伯が私の事情を把握していないなど、ありえない。

彼は、私に親子三人で一緒になれと言っているのだ。

「おや、お気に召しませんでしたか？」

ここに至り、私は初めに聞いたルドルフ辺境伯の言葉の意味が、ようやく理解できた。

『貴方が何を愛でようとも、良いではありませんか。たとえそれが周囲の理解を得られなくとも、大切なのは貴方がどう思っているかでしょう？』

そう、ルドルフ辺境伯は初めから私に言っていたのである。

私が誰を愛するか、私がどうしたいのか。

そう問い掛けていたのだ。

「……素晴らしい、何と素晴らしい!!　まさか、ルドルフ辺境伯にそう言って頂けるとは……」

「そこまで喜んで頂けるとは、提案した甲斐があるというものです。また後で、母親とも顔を合わせる機会を設けましょう」

ふむ、確かに私だけで盛り上がっていても仕方がない。

お互いがどう思っているのか、しっかりと確かめねばならない。

「是非、お願い致します。だが、しかし……」

しかし、私達の意向が決まったとしても、問題は山積みである。

私は目を瞑り、これからの事に考えを巡らせる。

いくらルドルフ辺境伯がそう言ったからといって、家中の話が纏まる訳ではない。

私が、本当の意味で家中を掌握するにはまだまだ時間がかかる。

だが、私は彼女達を諦めるつもりは毛頭ない。

「…………ルドルフ辺境伯、厚かましいお願いではございますが、あと二年……いえ、一年で結構です。お時間を頂けませんか？」

それだけの時間があれば、家中を掌握し、両親を説得し、周りに何も言わせないだけの力を持ってみせる。

しかし、私の言葉に対し、ルドルフ辺境伯は想像以上の言葉を返してきた。

「では、ちょうど一〇歳の誕生日まで、二人ともファーゼスト家で面倒を見ましょう。そして、あの子が一〇歳になった日に誕生日プレゼントを差し上げるのです。いかがでしょうか？」

なんと母娘揃って、ファーゼスト家で面倒を見ると言うではないか。

つまりそれは、ファーゼスト家の侍従としての勉強を積ませるという事。

家の者も、ただの平民を娶ると言えば反発するだろうが、ファーゼスト家の侍従を娶るとなれば、納得する者も多いはず。

「よろしいのですか!?」

「ええ、あの子に素敵な誕生日を迎えさせるのです。中々の趣向でしょう?」

なんという、全くなんというお方だ。ここまでお膳立てされては、やるしかないではないか。

私があの子に贈る初めての誕生日プレゼントを最高の物にしなければ。

「素晴らしい……なんと素晴らしい趣向だ!……私は、ルドルフ辺境伯を勘違いしていたようだ。

私の周りには中々理解してくれる者がいなかったが、どうやら貴方は違うようです!」

今まで周りの言う事を気にして、何が大切なのか見失っていた自分が恥ずかしい。

貴族としての外面が何だというのだ、周りを黙らせるだけの力を持てばいいだけの事ではないか。

私の目を覚まさせてくれたルドルフ辺境伯には感謝の言葉しかない。

「ロバート殿。私で良ければいくらでも力になりましょう」

その上、そんな言葉まで頂けるとは……

「何という頼もしい言葉!　ありがとうございます、今日はルドルフ辺境伯に会えて、本当に良かった」

「いえいえ、こちらこそロバート殿に喜んで頂けて何よりです」

ルドルフ辺境伯が味方に付いたというだけで、どれだけ心強い事か。

他人の幸せにここまで尽くせるなど、なかなかできる事ではない。

噂に聞く以上に素晴らしい人格者だ。

この方のために、全てを擲《なげう》つ人が何人もいるという話も頷ける。

「ルドルフ辺境伯、今後何かあれば是非私を頼って下さいませ。このロバート＝オオクラ＝トヨトミ、出来る事なら何でも致しましょう!!」

だから、その言葉を告げるのに全く躊躇は無かった。

私は、これ程までの心意気に対して、払う対価を持ち得なかったからだ。

「心に留め置いておきます。……さて、話がまとまったところで一杯いかがですか？」

「是非、頂きます」

その日飲んだワインはいつもの何倍も美味しく感じ、ついつい飲み過ぎてしまった。


どれだけ飲んだか分からなくなった頃、私はファーゼスト家の家令に連れられて、私に充てられた客室へと向かった。

そこで誰が待っているかも知らずに。

先程ルドルフ辺境伯は何と言っていただろうか？

彼は、こう言っていたはずだ。

『また後で、母親とも顔を合わせる機会を設けましょう』と。

部屋の扉を開くと、中では一人の侍女が待っていた。

年月が経てども、その姿は見間違えようもない。

私が愛した、ただ一人の女性。

「…………ハンナ」

月日が経てば、人の想いも移ろうもの。

彼女は今何を想い、何を考えているだろうか。

「ロバート様、またお会いできて嬉しいです」

しかし、私の不安はハンナの嬉しそうな声に払拭される。

その嬉しそうな笑顔を見て、彼女が私と同じ気持ちであると悟った。

そして、気が付くと柔らかな温もりが腕の中にあった。

私が抱き寄せたのか、それとも彼女が飛び込んできたのか。

別にどちらでも構わない、二人の想いは同じなのだから。

「もう、二度と離さない」

そう呟いたのはどちらだっただろうか。

辺境の夜は長い。

しかし、私達が離れていた分の想いを確かめ合うには、些か時間が足りないようだった。

小話　メイド in スズキ

朝日の光を感じて目を覚ます。

メイドの朝は早く、日の出と共に一日が始まるのだ。

まだ眠り足りず、目を擦りながらベッドから起き出した。

昨夜は、お気に入りの作家が新刊を出したため、それを読んでいて寝るのが遅くなってしまったのだ。

読んでいたのは、恋愛小説。

お互いの身分の壁を乗り越えて、燃え上がる恋。

数々の障害にも負けず、想いを成就させる主人公達の描写が綺麗で、とてもロマンチックな作品です。

あぁ、私もいつか、こんな恋が叶うのでしょうか。

……はっ、いけない、いけない。

もうお仕事の時間なのですから、支度をしなくちゃ！

私の名はレーラ。

ファーゼストからスズキ領にやってきた、三人のメイドの中の一人です。

スズキ領でのお仕事は、非常にやり甲斐のある楽しい物で、充実した満足の行く毎日を送っています。


第一訓練場の中を怒号と共に、男達の汗と血が飛び交う。

「構えぇぇぇ！　突けぇぇぇ!!」

「もっと腰を入れて突かんか！　そんなんで、殺《や》れるほど、辺境は甘くねぇぞ!!」

あちらでは、教官が怒鳴り散らしながら、新兵に槍の扱いを教えている。

「オラオラ、そんなへっぴり腰で、俺の守りを抜けると思うなよ！」

「けっ！　テメエこそ、もっとしっかり構えやがれ！　もっと脇を締めねぇと、ブッ飛ばすぞ!!」

こちらでは、ベテラン達がお互いの技を競い合いながら、お互いを高め合っていた。

「レーラさんお願いします!!」

そんな中、慌てた声で私の名前が呼ばれた。

怪我をした新兵が、数人のベテラン兵に連れられて、私の下にやって来たのだ。

見ると、腕が変な方向に曲がっている。

うっ、怖い………でも駄目！

私がやらなきゃ、兵隊さんの怪我は治らない!!

回復魔術を修めている私達は、こうして、頻繁にスズキ家の訓練に呼ばれるのだ。

どれだけ激しくぶつかり合っても、私達が居ればすぐに治るという事で、スズキ家の訓練は一層激しい物が行われている。

本当は血を見るのが苦手だが、今日も怪我を治していく。

「少し我慢していろよ、すぐに終わるからな！　まずは骨を嵌めるぞ」

折れた腕にそのまま回復魔術を掛けると、曲がったまま骨がくっついてしまうので、まずは骨をまっすぐにする必要がある。

「よし、いくぞ!!」

ベテラン兵達は新兵の体を押さえ付け、勢い良く骨を繋ぎ合わせる。

「あぁぁぁぁぁぁ！！！」

堪らず悲鳴を上げる新兵。

その声に、思わず耳を塞ぎたくなるが、今はそんな事をしている場合ではない。

急いで回復魔術を掛けて、新兵の怪我を癒す。

すると、先程まで赤く腫れていた腕がみるみる治っていき、新兵の呼吸も落ち着いてきた。

「ふぅ」

ようやく一息つけた。

やはり、どれだけやっても慣れそうに無い。

だけど、これも私の仕事の一つだ、頑張らなくちゃ！

夕方、食堂に向かおうとしていた時の事だ。

廊下の真ん中に、ぽつんと佇む一つの人影を見かけた。

髪の毛から肌の色まで、何から何まで透き通るような白色をした儚げなその人物は、先日スズキ家にやってきた、ドワーフのバッケくんだ。

大体一二、三歳くらいの少年に見えるが、彼は確か一八のはずで、成人している。

彼は、妖精としての血が色濃いためか、体毛は薄くドワーフらしくない。

体の成長も止まっているらしく、その姿は儚げで、正しく妖精のようである。

幼い頃から体が弱く、家族以外と触れ合った事が少ないらしく、年齢の割に言動が幼いので、その見た目も相まって私達は『バッケくん』と呼んでいる。

「バッケくん、どうしたの？」

「あっ、メイドのお姉さん。その、ちょっと食堂の場所が分からなくなっちゃって………」

そういえばバッケくんは、生まれつき物が見えづらいんだっけ？

ただでさえ、このお屋敷は広くて迷いやすいのに、目印になる物も見付けづらいとなれば、迷っても当然かもしれません。

「それじゃあ、お姉さんと一緒に行きましょうか」

「うん！」

ふふふ、なんか弟が小さかった頃を思い出しますね。

夜、一日の最後の仕事を終えようと廊下を歩いていると、不意に声が掛けられた。

「ずいぶんと精が出るね」

「リ、リオン様！」

声の主の顔を見て、私は慌てて頭を下げる。

この方は、私達の主であるライアン様の兄君であらせられます。

リオン様は、時々こうしてライアン様やその領地の様子を見にいらっしゃるのですが、ライアン様の事が心配なのか、何度も足をお運びになっているのです。

とても、思いやりのある、優しいお方です。

「あぁ、そんなに畏まる必要は無いよ。特に今日はプライベートな用事で来たからね」

それに、メイドの私にもこんな風に声を掛けて下さる、気さくなお方です。

なので、私はいつも、この方との会話をついつい楽しんでしまいます。

「ふふふ、兄弟仲が良くて羨ましいです」

「そ、そうかな？　ハハハッ。今日はコイツでライアンと一杯やろうと思ってね」

そう言って、リオン様は手に持っていたワインの瓶を掲げて見せて下さいました。

ふふふ、兄弟でお酒を酌み交わすなんて、本当に仲がよろしいのですね。

「それでは後で、何か摘まめる物を、お持ち致しましょうか？」

「それじゃあ、お願いしようかな」

リオン様はそう言って微笑むと、廊下の向こうへと去って行った。

私は、そんなリオン様の姿を見つめ続ける。
はぁ、こうして気軽にお声をお掛け下さるのは、きっとリオン様の人柄なのでしょう。
きっと、どなたに対しても、あの笑顔を向けられているに違いありません。
……でも………でも、もしあの笑顔が私だけに向けられているとしたら…………
不意に、昨夜読んだ小説の内容が思い出される。
身分違いの恋をした女性が、貴族の貴公子と恋の炎を燃え上がらせる。
小説の登場人物に自分を重ねている事に気が付き、恥ずかしさで顔が熱くなってくる。
違ッ、違うのこれは！
別に私は、リオン様との事なんて考えてないの!!
「そ、そうだわ。早く仕事を終えて、お摘まみを持って行って差し上げなきゃ」
私は、先程までの考えを誤魔化すかのようにして、仕事を終わらせる事にした。

今日も一日が終わる。
自身の部屋で、今日一日の事を思い出す。
スズキ領での生活は、忙しくはあるものの、充実した非常に楽しい毎日を送っている。
明日も良い一日でありますように。
今日という日が良き一日であった事を感謝し、明日も同様であるように神に祈る。
………それと、もし叶うなら、明日もリオン様とお話ができますように！

こちらは、どちらかと言うと、縁結びの神様と噂されるルドルフ様に祈る。

こうして、一通りの祈りを捧げると、私は早々にベッドの中に入った。

メイドの朝は早い。

「おやすみなさい」

布団を被ると、すぐに睡魔が訪れた。

小話　ＤＡ☆メイド in スズキ

朝日の光を感じて目を覚ます。

メイドの朝は早く、日の出と共に一日が始まるのだ。

まだ眠り足りず、目を擦りながらベッドから起き出した。

昨夜は、お気に入りの作家が新刊を出したため、それを読んでいて寝るのが遅くなってしまったのだ。

読んでいたのは、恋愛小説。

お互いの性別の壁を乗り越えて、燃え上がる恋。

数々の障害にも負けず、想いを成就させる男達の描写が綺麗で、とてもロマンチックでたまらない作品です。

雅で耽美な登場人物が絡み合う描写は、鼻血不可避。

あぁ、たまらん。

……はっ、いけない、いけない。

もうお仕事の時間なのですから、支度をしなくちゃ！

私の名はベル。

ファーゼストからスズキ領にやってきた、三人のメイドの中の一人です。

スズキ領でのお仕事は、槍《♂》ＧＵＹのある楽しい物で、充実した満足の行く、鼻血必須の毎日を送っています。


第二訓練場の中を怒号と共に、男達の体液が飛び交う。

「構えぇぇぇ！　突《♂》けぇぇぇ!!」

「もっと腰を入れて突《♂》かんか！　そんなんで、犯《や》れるほど、辺境は甘くねぇぞ!!」

あちらでは、教官が怒鳴り散らしながら、新兵に槍《♂》の扱いを教えている。

ハァハァハァハァ。

なんという激しい訓練。

ベテランが、新兵の槍《♂》使いをここまでシゴくなんて、やはり辺境だけあって猛者が集まっているようだ。

「オラオラ、そんなへっぴり腰で、俺の○○《ピー》を抜けると思うなよ！」

「けっ！　テメエこそ、もっとしっかり構えやがれ！　もっと○《ピー》を締めねぇと、ブッ飛ばすぞ!!」

こちらでは、ベテラン達がお互いの技（意味深）を競い合いながら、お互いを高め合っている。

二人はどこまで高まり合っちゃうのかしら!?

きっと、天の果てまで達してしまうに違いないわ！

ハァハァハァ。

「ベルさんお願いします!!」

そんな中、慌てた声で私の名前が呼ばれた。

怪我をした新兵が、数人のベテラン兵に連れられて、私の下にやって来たのだ。

見ると、腕が変な方向に曲がっている。

……イベントキター！

新兵くんには気の毒だが、スズキ領の訓練では、骨折程度は日常茶飯事。

彼もきっと、その内に慣れてしまうだろう。

回復魔術を修めている私達は、こうして、頻繁にスズキ家の訓練に呼ばれるのだ。

どれだけ激しくぶつかり合っても、私達が居ればすぐに治るという事で、スズキ家の訓練は一層激しい物（意味深）が行われている。

本当に鼻血不可避のお仕事である。

興奮を抑えながら今日も怪我を治していく。

「少し我慢していろよ、すぐに終わるからな！　まずは○《ピー》をハメるぞ」

……ありがとうございます。

そして、ご馳走様です。

「よし、イクぞ!!」

そう言うと、ベテラン兵達は新兵の体を寄ってたかって押さえ付け、事に及ぶ。

「アッ――――――!!!」

堪らず悲鳴を上げる新兵。

その声に、思わず胸がドキドキしてくるが、今はそんな事をしている場合ではない。

急いで回復魔術を掛けて、新兵の怪我を癒す。

すると、先程まで赤く腫れていたアレがみるみる治っていき、新兵の呼吸も落ち着いてきた。

「ふぅ」

賢者タイムである。

やはり、どれだけやっても、この興奮には慣れそうに無い。

これも私の仕事の一つなので、これからも頑張らなくてはならないのだ!


夕方、食堂から帰ろうとしていた時の事だ。

廊下の真ん中に、ぽつんと佇む一つの人影を見かけた。

髪の毛から肌の色まで、何から何まで透き通るような白色をした儚げなその人物は、先日スズキ家にやってきた、ドワーフのバッケたんだ。

大体一二、三歳くらいの少年に見えるが、彼は確か一八のはずで、成人している。

彼は、妖精としての血が色濃いためか、体毛は薄くドワーフらしくない。

体の成長も止まっているらしく、その姿は儚げで、正しく妖精のようである。

幼い頃から体が弱く、家族以外と触れ合った事が少ないらしく、年齢の割に言動が幼いので、その見た目も相まって私の中では『バッケたん』と呼んでいる。

………つまり、合法の美ショタだ。

「バッケくん、どうしたの？」

「あっ、メイドのお姉さん。その、ちょっとお手洗いの場所が分からなくなっちゃって………」

ふぉぉぉ!!

お姉さん!?　バッケたんにお姉さんと呼ばれたおぉぉぉぉ!!

困ってるバッケたん可愛いお！　お手洗いに行けなくて、赤くなってモジモジしているバッケたん、マジ可愛いおぉぉぉぉぉ!!

そう言えばバッケたんは、生まれつき物が見えづらいんだっけ？

よっしゃ、これはお姉さんが一肌（物理的に）脱ぐしか無いようです。

「それじゃあ、お姉さんと一緒に（イイトコに）行きましょうか」

フフフ、ドコに連れて行くとは言っていないので、嘘ではない。

「うん！」

眩しい！

バッケたんの純粋なその瞳が、私には眩し過ぎるぅ。

……ちなみに、私の部屋に行く途中にお手洗いがあってしまったため、お持ち帰りは未遂となった。

ガッデム！

夜、一日の最後の仕事を終えようと、廊下を歩いていると、不意に声が掛けられた。

「ずいぶんと精が出るね」

何が出るって!?

ナニが出るって!?

「リ、リオン様！」

声の主の顔を見て、私は慌てて頭を下げる。

勿論、ニヤケ顔がバレないためにである。

この方は、私達の主であるライアン様の兄君であらせられます。

兄君であらせられます！　(コレ重要！)

リオン様は、時々こうしてライアン様やその領地の様子を見にいらっしゃるのですが、ライアン様の事が心配なのか、何度も足をお運びになっているのです。

きっとライアン様の事が気になってしょうがないのだと思います。

リオン様は、ライアン様の兄君であらせられるのにです!!　(コレ重要！)

「あぁ、そんなに畏まる必要は無いよ。特に今日はプライベートな用事で来たからね」

それに、メイドの私にもこんな風に声を掛けて下さる。

気さくな顔の下に、どんな欲望が渦巻いているのか想像すると、気が気ではありません。

なので、私はいつも、この方との会話をついつい楽しんでしまいます。

「ふふふ、兄弟仲が良くて羨ましいです」

………ウホッ！

「そ、そうかな？　今日はコイツでライアンと一杯ヤろうと思ってね」

そう言って、リオン様は手に持っていたワインの瓶を掲げて見せて下さいました。

……何…………だと!?

コイツで、いっぱい、ヤるですとぉぉ!?

フォぉぉぉぉぉ!!

頂きました！

言質を頂きましたぁ!!

今日のＭＶ○《マイベストピー》は、この一言に決定です！！！

「それでは後で、何か摘まめる物を、お持ち致しましょうか？」

これは出歯亀するしかありません。

こんな美味しいイベントを逃してはなるものか!?

「い、いや、レーラさんに頼んであるから大丈夫だ」

リオン様はそう言って苦笑いをすると、廊下の向こうへ、そそくさと去って行った。

私は、そんなリオン様の姿を見つめ続ける。

あぁ、きっとこれからライアン様と楽しいひと時を過ごすに違いないわ……

不意に、昨夜読んだ小説の内容が思い出される。

性別の壁を乗り越えた二人が、組んず解れつ、めくるめく快楽の夜を過ごす……

小説の登場人物に二人を重ねている事に気が付き、興奮しすぎて鼻の奥が熱くなってくる。

違ッ、違うのこれは！

別に私は、どっちがアレでどっちがソレだなんて考えてないの!!

「そ、そうだわ。早く仕事を終えて、なんとか出歯亀しなきゃ」

私は、先程までの妄想を誤魔化すかのようにして、仕事を終わらせる事にした。


今日も一日が終わる。

ベッドの中で、今日一日の事を思い出す。

スズキ領での生活は、忙しくはあるものの、充実した非常に楽しい物である。

明日も良い一日でありますように。

今日という日が良き一日であった事を感謝し、明日も同様であるように神に祈る。

………それと、もし叶うなら、明日もバッケたんとお話ができますように！

こちらは、どちらかと言うと、縁結びの神様と噂されるルドルフ様に祈る。

こうして、一通りの祈りを捧げると、私は早々にベッドの中に入った。

メイドの朝は早い。

明日も一生懸命頑張らなくてはいけない。

「おやすみなさい」

布団を被ると、すぐに睡魔が訪れた。

別章

The great days of
the vice lord RUDOLF

とある妖刀の華麗なる経歴

昔々、あるところに、一振の刀がありました。

名のある刀匠に鍛え上げられたその一振は、折れず、曲がらず、よく切れる、刀匠の人生を懸けて鍛えられた最高傑作でした。

しかし、所詮は人の手によって造られた物。

神代の神秘には及びません。

鋼の刃はその鋭さで物を切りますが、神秘の刃はその概念で物を切ります。

なので、神秘を持たない物質では、神秘の刃を防ぐ事は敵わないのです。

けれども、神ならざる刀匠には神秘の刃を鍛える事は能いません。

その事がどうにも我慢できなかった刀匠は、ある時、とんでもない事を思い付いてしまいました。

『我が刀は、未だ神秘の刃には遠く及ばざるが、人の肉と骨ならば、いくらでも斬り伏せられよう』

そう、幾人もの命を代償に、その血と怨念でもって、刃に『死』の概念を植え付けるというものです。

それから刀匠は、男を斬った。
女を斬った。
子供を斬った。
老人を斬った。
罪人を斬った。
善人を斬った。
村人を斬った。
悪人を斬った。
役人を斬った。
盗賊を斬った。
豪族を斬った。
……そして刀匠は、寿命を迎える直前、最期に自身を斬った。
一体どれだけの命を吸った事でしょうか。
刀はいつからか、血脂一つ浮かべる事なく、肉を切る事ができるようになりました。
まるで、刀身自体が血肉を啜っているかのように。
刀はいつからか、刀身が黒く染まってしまいました。
まるで、人々の怨念を表すかのように。
刀匠の死後、刀は人から人へと、様々な人の手を渡っていきました。

そして、その都度死の山が積み重ねられました。
刀のあるところには、いつもカラスが舞い、積まれた屍を貪り喰らうのです。
刀はいつからか、『烏《カラス》』と呼ばれるようになりました。
まるで、屍肉を糧にする忌み鳥のように。
──妖刀『烏《カラス》』
死を暗示する鳥の名を冠する刀。
持ち手を惑わし、血に狂わせる稀代の妖刀。
果たして、次にカラスが舞い降りるのは何処《いずこ》の地でしょうか…………

『御柱様〜、ちょっと良いかのぉ〜?』

一羽の老カラスが、バサバサと羽音を立てて舞い降りる。

普通のカラスより一回り大きいその体軀は、漆黒で艶やか。

その輪郭は、うっすらとぼやけながら燐光を発しており、この世の物とは思えない存在感を放っていた。

「おおカーちゃん、よく来たのじゃ！　今日はどうしたのじゃ?」

御柱様と呼ばれた存在は、ベッドの上から起き上がると、老カラスを迎え入れる。

『ほれ、この間坊と一緒に遠出をしたのでのぉ。帰って来たので挨拶に参ったのじゃ。いや〜毎度の事ながら、年寄りにアレは堪えるわい』

老カラスはベッドの端に止まると、羽を繕いながら、そう答えた。

お互いに旧知の仲なのか、妙に気安い様子。

「ん？　刀の中で眠っているだけなのに、何かあったのか？」

『ほれ、儂ってば一応魔道具じゃから、この間、おーばーおーるに行ってきてのぉ～』

オーバーオールは作業着だ、鳥が着てどうする。

鳥頭に横文字は難し過ぎるようだ。

「おーばーおーる？　なんじゃそれは？」

『儂も良く分からんのじゃが、先生の前で丸裸にされての。何処かに異常がないか、体の隅々まで弄くり回されるのじゃよ』

老カラスは、その時の事を思い出したのか、ブルッと身震いをする。

「なんじゃそれは!?　ただのセクハラではないか！」

『まぁ、魔術回路の淀みなんかも解消されて、スッキリ出来たからいいのじゃが………』

だが、身体は妙に調子が良いらしく、老カラスは首を傾げる。

「スッキリしたなら、いいではないか」

『……じゃが、儂、何かに目覚めそうでの』

どこか恍惚とした様子を見せ始める老カラス。

「カーちゃんは、刀じゃよな？　鳥じゃよな？」

『なんかお尻の辺りがムズムズするのじゃよ。はぁ、儂何かの病気かのぉ？』

老カラスはそう言って、お尻を持ち上げて、異常がないか確かめる。

しかし、自分の足とお尻が見えるだけで、どこにも異常は無い様子。

「刀なのにお尻ってどういう事じゃ？　そもそも、病気ってなんじゃ？」

『…………………えっと、鳥インフルエンザとか？』

「カーちゃんの本体は無機物じゃろ。…………まぁ、カーちゃんの気のせいではないか？　おおかた、スッキリしたから、いつもと調子が違って違和感があるだけじゃろう」

『成る程のぉ。流石は御柱様ですじゃ』

御柱様の言葉に、安心してほっとする老カラス。

やはり鳥頭には、難しい悩み事だったようだ。

「ふふん、妾は偉大じゃからの！　さて、そんな事よりこっちで一緒に遊ぶのじゃ！　対戦げーむを一人でやるのは、もう飽きたのじゃ」

老カラスに持ち上げられて気分を良くしたのか、御柱様はそう言って自分の隣にスペースを作る。

すると、魔力が渦を巻き、透明なボードが宙に現れ、手のひらサイズの楕円形の物体が二つ、ベッドの上に転がった。

『おおっ、これが噂の疑似ぴーしーという奴ですな。儂が触っても良いのですかな？』

「当然なのじゃ！　さあ、コレを持って…………コレに乗って、『板垣ストリート？』をぷれいするのじゃ」

老カラスは、疑似こんとろーらーの上にちょこんと乗ると、三本の足で器用にボタンを押し始める。

それを見て、御柱様は首を傾げる。

「………カーちゃんの足って、三本もあったかのお？」

『何か言いましたか？　それより御柱様、これは一体どうやって遊ぶのですかな？』

二つの存在は、永い時を歩んでいるだけあって、細かい事はどうでもいいようだ。

そんな事よりも、異世界の遊戯で遊ぶ事の方が大事なのである。


地下空間に、ピコピコとした電子音と、白熱した二つの声が響き渡る。

「ふふふ、カーちゃんや、ゲームで容赦はせぬぞ！　ほれ、五倍買いじゃ!!」

『御柱様、大人気ないですのぉ……では、売ったお金でこっちの店を上限まで増資っと』

「ファッ?………ふ、ふんだ！　べ、別にそこに止まらなければどうという事はないのじゃ!!」

『御柱様、それはふらぐというヤツでは……』

「………はっ！」

『…………』

御柱様は、何かに気が付いたようだったが、気を取り直して疑似ぴーしー上のサイコロを振る。

出た目を見て固まる二つの存在。

「のじゃぁぁぁぁ！！！」

ファーゼストは今日も平和である――


辺境を治める名領主の腰には、それはそれは見事な刀が見られました。

名領主はその刀を用いて様々な偉業を成しました。

ある時は、襲いかかる魔物を退け、またある時は悪事を成敗する。

名領主は人々の生命と生活を守り慈しみ、その魂の輝きで以て闇を切り裂き、人々の生きる道を照らしたのです。

共にあった刀もまた、その偉業に尽力しました。

いつしか刀は人々の口に上り、その名を知らしめる事になります。

――陽刀『八咫烏《ヤタガラス》』

それは、太陽と導きを司る稀代の霊刀。

名領主の治める地では、時折、三本足をしたカラスの姿が見られ、吉鳥として尊ばれたそうな。

囚われた黒姫の華麗なる一日

あるところに、それはそれは美しい姫がおりました。

黒く艶やかな御髪《おぐし》を風になびかせ、月光に照らされて物憂げに空を見上げる姿は、月の女神もかくやとばかりの美しさでした。

そのあまりの美しさに、言い寄る男は数知れず。

けれども姫は、その全てを袖にします。

姫は、どうして男達の求婚に応えないのでしょうか？

それは、姫が魔物の姫だったからです。

姫は、自身よりも弱い者と番《つがい》になる事に我慢ができず、言い寄る男共を、文字通り蹴散らしていたのでした。

一人、また一人と男達は玉砕され、とうとう姫に求婚する者の姿はなくなってしまいました。

けれども、姫は何とも思いません。

何故なら、それこそが姫の力の証明だからであり、また姫の寿命は人のそれより遥かに長いため、急いで番を探す必要がなかったからです。

しかしある日、姫はある人物と運命の出会いを果たします。

襲い掛かってくる緑色の小鬼を、一匹また一匹と蹴り飛ばして駆逐する。

ある者は、そのあまりの威力に頭をひしゃげさせ、またある者は、蹴り飛ばされた勢いのまま木々に体を打ち付け、息絶える。

気が付けば、見える範囲に生き物の気配は存在せず、一〇を超える緑の死体が辺りに散らかっていた。

やれやれ、久し振りに、拙者に挑む益荒男《ますらお》が現れたと思ったでござるが、雌とみれば見境なく発情するただの屑でござったか……

最近は、拙者と契りを結ぼうとする腕自慢が現れず、退屈な毎日を送っていた。

そこで、気晴らしに散歩に来てみたのだが、小鬼の襲撃に遭ったのだ。

拙者を手籠めにしようとする、強者の襲撃かと期待したのでござるが、蓋を開けてみれば、相手の力も推し測れない、最下級の魔物の類いでござった。

期待していた『闘争』の二文字は無く、ただの害虫駆除を行っただけである。

ふん、気分が悪い……

せっかく気晴らしに来たのに、鼻の曲がる血臭を嗅ぐ羽目になり、一層機嫌が悪くなる。

確かこのままもう少し歩けば、綺麗な水が湧く泉があったはずだ。

今日はその畔《ほとり》で昼寝でもするでござる。

拙者は、鼻をつく死の臭いを振り払い、歩を進める事にした。

柔らかな木洩れ日の中、水の流れる音を子守唄にして、うとうとと微睡んでいた。

先程まで不機嫌だったのが嘘のように、穏やかな気持ちで船を漕ぐ。

何も考えずに昼寝をするのは、心地好いものでござる。

番になりたければ、拙者よりも強き事を証明せよと公言し、挑戦してくる雄共と闘いに明け暮れる日々を送っていたが、ここ最近は挑んでくる者がめっきり現れなくなってしまった。

全く軟弱者ばかりでござる。

一度や二度蹴り飛ばされたからといって諦めるようでは、その熱意の程が知れるというものでござる。

もっとこう、何度敗れても立ち向かうような、不屈の闘志を燃やす男子《おのこ》はおらぬものか？

そうであれば、拙者の心も多少は動くでござろうに。

はぁ……

そういえば、最後の挑戦者を蹴り飛ばしてから、どれだけ日にちが経ったでござろうか？

昼寝は確かに気持ちが良いが、やはり拙者は、血沸き肉躍る闘争の中にあってこそ、生きる充足を感じるでござる。

どこかに、拙者を求める強者はおらぬものか…………

——ピクピク

そんな祈りが届いたのか、この泉へと近付く存在の気配を察知し、耳が反応する。

薄目を開けて、気配の方向へと視線を向けると、泉の反対側にある茂みから一人の少年が姿を現した。

拙者と同じ、黒髪を有した少年だ。

少年は拙者の姿を見ると、驚いたように固まった。

反面、拙者は現れた存在の小ささに落胆する。

久し振りの挑戦者がやって来たかと思ったが、現れたのは森の外で生きる脆弱な人族。

群れる事と、その狡猾さを武器に、魔の領域の外でひっそりと生存する臆病な種族だ。

中には魔の領域で暴れる剛の者もいるが、深部で闘争を繰り広げる拙者の敵ではござらぬ。

そう思い視線を外して、昼寝を続けようとすると、ぽつりと漏れた少年の言葉が聞こえてきた。

「美しい…………」

その呟きに、思わず目を向ける。

てっきり、恐怖で動けずにいるのかと思っていたが、どうやらそれは違うようだ。

「まるで夜の化身……さしずめ月の女神といったところだろうか………」

ふむ、魔物の姫として、その美しさを知らしめてきた拙者であるが、どうやら人族にもそれは通用するらしい。

それに、拙者を見て恐怖も覚えず見惚れるとは、中々見所のある少年でござる。

実に気分が良い、今日の所は見逃してやるでござる。

そう思い、拙者は泉から立ち去る事にした。

お互いの姿が確認出来なくなる程距離が離れるまで、少年から視線が途切れる事はなかった。

だが、それからというもの、森の浅い部分にやって来ると、かなりの確率で黒髪の少年と遭遇する事になった。

どうやって探しているのか全く分からないが、私が訪れると、どこからともなく姿を現すのだ。

特に、初めて出会ったあの泉に出向くと、少年は必ずやって来る。

初めて出会った時は、泉を挟む程の距離を置いていたが、今では少し歩けば手が触れるという距離にまで、近付いてきていた。

この泉に来ないという選択肢は、この少年から逃げているように思え、強者としてのプライドが許さず、かといって害意を持たない弱者を痛め付ける事も、これまた強者としてのプライドが許さなかった。

そして、その結果がこの距離である。

少年が見惚れ、しばらくしてから拙者が立ち去るというのが、ここ最近のルーチンワークだ。

今日は、昨日よりもまた一歩近い。

そして、一歩、更にまた踏み込んでくる。

……ふん、まあいい。所詮は脆弱な種族だ、拙者に危害を加える事は出来まい。

そう考え、強者としての余裕を持って、泰然とする。

そして、そのままいつものように、木に体重を預けたまま昼寝を続けようと目を細めた。

ふわり。

余程気を許していたらしい。

気が付けば、少年が拙者の髪を優しく撫でているではないか。

少し驚いて、少年に目を向けるが、少年は髪を撫で続ける。

特に害意は感じられない。

まぁ、何かあったとしても、その瞬間にこの者を蹴飛ばせば済む事だ。

そのまま、少年の気が済むまで髪を撫でさせる。


………………それが、間違いだったという事にも気が付かずに。


少年は髪を撫でる手つきのまま、耳の辺りまで手を伸ばす。

正直、くすぐったいでござる。

しかし、その事を悟られるわけにはいかない。

拙者にもプライドというものがあるでござる。

だが、少年はそのまま顔を近付け、拙者の耳元でボソリと呟く。

「……レーツェルよ、私の物になれ」

ひゃいッ!!

あまりのくすぐったさに思わず、反応してしまった。

今まで知らなかったが、拙者はどうやら耳が弱かったようでござる……


…………………ドクン！


急に、心臓から巡る魔力の奔流に飲まれる。

何……でござる……か？……一体……何が？

身体を巡る異常に戸惑っていると、不意に背中に気配を感じた。

先程まで耳元に顔を寄せていた少年が、いつの間にか拙者の背部に回り込んでいたのである。

「もう一度言う、私の物になれ！」

そのまま、髪を摑み上げられ、羽交い締めにされる。

油断したでござる！

この少年は、拙者が心に隙間を作るのを虎視眈々と狙っていたのだ。

人族は狡猾だと知っていたはずなのに、なんたる不覚でござろうか。

必死になって、振りほどこうとするが、少年も首と髪を摑み上げる手に力を込め、離そうとしない。

「レーツェル!!」

…………………ドクン！


その名を呼ばれた瞬間、急に力が失われる。

「ふふふ、良い子だ」

それどころか、少年の声に安らぎすら感じてしまう。

……一体何故⁉

どうして少年の声に逆らえないでござるか⁉

まさか……まさか、あの時か！

拙者の身体に異変が起きたのは、少年が拙者を『レーツェル』と呼び『私の物になれ』と言った時だ。

あの時、あまりのくすぐったさに、拙者は反応してしまった。

古来より、名前とは特別な物。

真名を知られれば、存在の全てを知られる事となり、支配する事すら可能となる。

それが魔の者であれば、尚更である。

だが、拙者は真名を知られたわけではない。

では何故、少年の呪に掛かってしまったのか。

あの時、拙者は少年の名付けと問いかけに対して、応じてしまった。

つまり、『レーツェル』という名前を自ら認め、『私の物になれ』という問いかけに自ら応えてしまったのだ。

「今日からお前はレーツェル、私がお前の主だ」

自ら隷属の契約書にサインをした魔の者に、それを破棄する事は出来ない。

脆弱な人族の虜となろうとは、なんたる屈辱！

数多の雄《ゆう》の求めを袖にした、魔物の姫が人間に屈するとは…………

くっ、殺せ！　いっその事殺せ!!

「ふふふ、そう怖がる事はない。じきに慣れる。……そう、じきにね」

少年はそう言って、拙者を魔の領域から連れ出した。

そうして、しばらく歩みを進めると、人の営みが見えてくる。

初めて見る人の世界は全てが未知の物で、隷属さえしていなければ、拙者は目を輝かせていた事でござろう。

小鬼《ゴブリン》以上に数の多い人の群れは、少年を目にすると、皆平伏して道を空ける。

どうやらこの少年は、人の群れの中でも、かなりの上位に君臨する群れのボスらしい。

ボスの所有物となれば、そこまで粗略に扱われる事はないだろうが、そもそも人間に隷属した事自体が業腹である。

「そう怯えなくて良い、皆私の所有物だ。レーツェルに危害は加えさせない」

だが、少年にそう言われて頭を撫でられると、心が落ち着いてしまう。

耳の近くを触られると、くすぐったくて声を上げてしまいそうになるし、指先が首を這えば背中に痺れるような刺激が走るのだ。

ああ、拙者は本当にこの少年の物になってしまったようでござる。

そう、心の奥底では分かっているのだ。

魔物としての本能が、この少年の力を認めているのだ。

この少年は、数多の雄がついぞ叶えられなかった事を成し遂げた。

見事、拙者という存在を屈服せしめ、物事を成すという力を知らしめたのである。

相手を組み伏すだけが強さではない。

それとは違う強さを少年は持っていた、それも並々ならぬ強大な力をだ。

でなければ、拙者はこうして少年に頭《こうべ》を垂れてなどおらぬ。

…………トクン
そう考えると、この少年の物になるのも悪くないと思えてくる。

ふふふ、どんな相手に手籠めにされるかと思うておったが、矮小な人間の物になろうとは、さすがに想像すらしなかったでござるな。

そう考えながら歩いていると、一際大きい建物にやって来た。

どうやらここが、この少年の塒《ねぐら》のようだ。

そして、拙者はその脇にある少し小さめの建物の中へと連れていかれ、その中の一室に繋がれる。

「今日から、ここがレーツェルの家だ。いいな?」

そう優しく諭されると、何も言えない。

少年は最後に拙者の頭を一撫でするると、部屋から去っていった。

部屋に繋がれた拙者には、もはやどうする事もできない。

これから、この部屋が拙者の棲みかとなるようでござる。


やがて月日が流れ、拙者は虜囚としての生活にも慣れてしまった。

悔しい事に、少年の言った通りに、生活にはすぐに慣れてしまったのである。

拙者が少年の事を、心の底では認めていたという事もあるだろうが、少年が甲斐甲斐しく世話をしてくれた事もその一因でござろう。

……決して食べ物に釣られた訳ではござらぬ。

武士は食わねど高楊枝。

拙者の誇りと食事は無関係でござる。

だから、時々少年がこっそり持ってくる、赤色をした植物の根は無関係なのでござる。

何と言っただろうか……ニン……えっと、ニン…………ええい、思い出せないでござる。

まあ良い、とにかくそれは無関係なのでござる。

あれ以来少年は、時折、拙者の身体に跨がるようになった。

今も拙者の身体に合わせて、上下運動を繰り返している。

だが、拙者はそれが嫌ではない、むしろ快感であると感じてしまっている。

やはり、優れた雄に従うのは、雌としての本能なのでござろうか。

拙者は、もう魔物の姫ではござらぬ。
この少年を主《あるじ》と仰いだ、卑しい僕なのでござる。
……………ああ、今日も空が高い。

悪徳領主の調教

太陽の光が燦々と降り注ぐ中、一台の馬車が屋敷から去っていくのを見つめる。

王都へと帰って行く、法衣貴族のロバート殿の見送りだ。

どうやら、紹介した少女の母親もお気に召したらしく、昨夜はずいぶんとお楽しみだったようで、朝はずいぶんと遅かった。

あの様子なら、商品の値段はまだまだ吊り上げられそうだ。

昨日纏まった話の大きさに、思わず口元が緩む。

そんな事を考えている内に、ロバート殿の乗った馬車はどんどん小さくなっていき、やがて見えなくなる。

それを確認してから、私は屋敷の中へと戻った。

……さて、大きな案件が一つ片付いた。

子細はヨーゼフに任せておけばいいとして、しばらく予定は何も無い。

久し振りに羽を伸ばすとでもしよう。

そうだ、長旅でストレスも溜まっている事だし、今日はレーツェルと思いっきり楽しんで、発散でもするか。

私は準備を整え、レーツェルが繋がれている部屋へと足を運んだ。

「ふふふ、良い子にしていたかい？」

扉を開けて中に入り、声を掛ける。

すると、レーツェルは嬉しそうな声を上げ、甘えるように顔を擦り付けてきた。

私もそれに応えるように、レーツェルの頭を撫でる。

可愛い奴だ。

今でこそ私に懐いているが、初めて出会った時は、誰にも心を許さない孤高の存在だった。

レーツェルが私の物になって、もう一〇年以上になるか。

私は、少し物思いに耽りながら、レーツェルの上に跨がる。

すると、下から嬉しそうな声が上がり、私はいつものように優しくその首筋をなぞった。


あれは、私が成人してから間もない頃の話だ。

学園の長期休暇で帰省していた私は、ふと魔の領域に行く事を思い付いた。

当時、学園では、ウィリアムとかいうクソ生意気な平民がでかい顔をしており、ヤツを地に這わせるために、腕を鍛え直す必要があったからだ。

魔の領域は、荒れ地ばかりのファーゼスト領の更に奥地にあり、鬱蒼とした森に覆われる自然豊かな領域。

勿論、色濃い魔に侵されているために人が住める環境ではなく、また、狂暴な動植物が多数棲息しているため、その過酷な自然環境も相まって、修業をするのに絶好の場所なのだ。

そうして、魔の領域で魔物を屠って回っていた時の事だ。

その日は、何故か魔物の姿が見えず、魔の領域をウロウロと歩き回るだけだったのだが、一息吐くためにと、近くの泉に寄る事にしたのである。

茂みを掻き分けていき、視界が開けると泉の畔にソレはいた。

木洩れ日を受け、煌めく毛並みは漆黒。

その身体は引き締まった筋肉に覆われ、体躯を支える四肢はスラリと長く、靭やかでありながら同時に力強さを感じさせる。

黒く艶やかな鬣《たてがみ》を風に揺らされながら横たわる姿は、さながら一枚の名画のよう。

泉を挟んだ向こう側には、圧倒的な存在感を放つ、一匹の牝馬の姿があった。

それは、御柱様から感じる存在感にどこか通じるものがあり、私は、相手が人の手の届かぬ領域の存在であると悟る。

もし、アレがその気になれば、私の小さな命など、一息で消し飛んでしまうに違いない。

だが、私の心を支配したのは、生命の危険による恐怖ではなく、圧倒的な存在に対する憧憬であった。

「美しい…………」

星一つ見えない夜空を思わせる、その黒き毛並み。

魔の領域で鍛え上げられたのであろう、その引き締まった体躯。

そして何より、何者にも屈しないその気高き姿。

「まるで夜の化身…………さしずめ月の女神といったところだろうか…………」

……どれだけの時間、見入っていただろうか。

まるで時が止まってしまったかと錯覚する程の濃密な時間が過ぎ、気が付けば、森の黒き姫君は目の前から去って行った。

ふと我に返ると、体が震えている事に気付く。

恐怖が、今になってやって来たのだろうか。

いや違う、これは歓喜である。

あのような存在に出逢えた事に、魂が歓びの声を上げているのだ。

神秘……そう、あれは正に神秘そのもの。

きっと、また近い内に逢える事だろう。

何となくではあるが、縁があるような気がするのだ。

その日から、森の中で遭遇した神秘《レーツェル》が、私の心を埋め尽くすようになった。

私は、どうにかして森の神秘《レーツェル》とお近付きになりたいと考えたのだが、そこで一つの懸念が持ち上がる。

それは、私には長期休暇というタイムリミットがあるという事だ。

神秘《レーツェル》は、ここ最近は、森の浅部まで顔を覗かせているが、次の長期休暇の時も同じとは限らない。

あのような存在は、普通はもっと魔の濃い深部を棲みかとしているため、むしろ、この機会を逃せば、再び会う事は無いだろう。

なので、私はこの短期間で、あの黒き姫君にお近付きにならなければいけないのだ。

だがしかし、あのような高貴な存在を前にして、どのようにして気を惹けば良いのか見当もつかない。

……ふむ、ここは一つ、先人達の知恵を借りるとしよう。

何も知らない若造が一人で考え込むより、よっぽど建設的な意見が出るだろう。

そう思い、私は屋敷の者達に、どうやって気を惹けば良いのかを聞いて回る事にした。


【サンプルその一】

三〇代男性・厩番・既婚・子供三人
「良いですか若様、こういう時は徐々に距離を詰めるのです、焦っちゃぁなりません。こう、何気無い風を装って、相手の警戒が薄まるのを待つのです」

成る程、確かに何処の誰とも知れない人間が、急に接近してくれば警戒もするだろう。

少しずつお互いの距離を詰める……ふむ、参考になった。

「…………………そうすりゃぁ、ほらっ、ウチの赤子も…………って、ありゃ？　もう行っちまいやしたか……」

【サンプルその二】

一〇代女性・侍女・未婚・意中の男性有り
「えっ、あの、機嫌の取り方……ですか？………あ、そうだ、頭を撫でてはどうでしょうか……目を細めて喜びますし、耳の後ろなんかも気持ちいいみたいですよ」

ふむふむ、頭を撫でると……

年頃の女性の意見である、これも参考にさせて貰おう。

「あそこにいる猫は、人懐っこいので、近寄っても大丈夫…………って、あら？　ルドルフ様？……どちらへ？」


【サンプルその三】

二〇代男性・侍従・未婚・未経験（何がとは言わない）

「えっ!?　俺ッスか!?　いやいやいや、他の人に聞きましょうよ…………えっ、いいから言えって？……わ、分かりましたから、怒らないで下さい！　う～ん、俺の読んでいる本なんかだと…………え～っと、相手の耳元で想いを囁いたり……後ろから抱き締めたり、何度も名前を呼んだり……とかですかね？」

書物の知識か、これは盲点だったな。

愚者は経験に学び、賢者は歴史に学ぶとも言うからな、これは是非とも実践させてもらうとしよう。

こうして、万全の態勢を整えた私は、長期休暇の間、毎日のように魔の領域へと赴いた。

途中、屋敷の者にその事がバレて引き留められたり、護衛を付けられたりするというアクシデントもあったが、森の神秘《レーツェル》に逢いに行くのに、供をぞろぞろ引き連れては無粋であろうと、護衛は全て道中で撒いた。

そして、やはりというか、赴く先々で、私は森の神秘《レーツェル》と巡り合う事ができた。

きっと、運命を司る御柱様の思し召しであろう。

……だが、だからといって焦りは禁物。

ゆっくりと、相手の警戒を解くために少しずつ距離を縮めるのだ。

毎日、飽きもせずに姫君を探しては、その姿に見惚れ、そして時間が経てば、森の奥へ帰っていくのを見送る。

何回もそれを繰り返し、少しずつ、少しずつ、それこそ一日に数歩といった距離を詰めていく。

そして、とうとうその日がやってきた。

奇しくもそれは、初めて出会ったあの泉の畔での事だった。

これまでの成果か、私と神秘《レーツェル》の距離はかなり縮まっており、あと数歩もすれば直接手が届くまでになっていた。

そこから更に一歩踏み出す。

神秘《レーツェル》は、一瞬だけ目を開いてこちらの様子を窺うが、再び目を閉じて、いつものように木に体重を預けて、穏やかな呼吸を繰り返す。

………やはり美しい。

身体には無駄な部分は一切無く、そこには生きるための機能美があり、こうして手の届く距離で見ると、それが一層伝わってくる。

気が付けば、私は更に一歩踏み込み、神秘《レーツエル》へと手を伸ばしていた。

魔の領域という過酷な自然が作り上げた、一粒の宝石。

それが欲しい、我が物にしたいと強烈に意識してしまったためだ。

だが、目の前の存在は、私ごときに、どうにかできる存在ではない。

その事に思い至り、差し出した手をどうしたらいいか分からず迷っていると、ふと、ある言葉を思い出す。

『えっ、あの、機嫌の取り方……ですか？…………あ、そうだ、頭を撫でてはどうでしょうか……目を細めて喜びますし、耳の後ろなんかも気持ちいいみたいですよ』

ふむ、機嫌を取る、か……悪くはないな。

見れば、その見事な鬣は黒く艶やかで、触り心地も良さそうである。

私は、行き場を無くした手をそのまま伸ばし、その絹のごとき滑らかな感触を味わった。

私の手が触れると、神秘《レーツエル》は驚いたように目を開けるが、特に害意が無いと分かると気持ち良さそうに目を細める。

しばらく、その手触りを堪能すると、今度は耳の後ろの辺りを撫で、時には優しく掻くように手

を動かす。

すると神秘《レーツェル》は、少しくすぐったいのか、耳をピクピクと震わせるが、それ以上は何もせず、私にされるがままとなっている。

な、なんと！　あの侍女の言った通りではないか!?

直に手で触れているというのに、全く警戒する素振りさえ見せない。

厩番の言っていた通り、焦らず、少しずつ信頼関係を構築したお陰だろう。

ふむ、ならば次はどうすれば良いだろうか……確か、あの侍従が言うには、耳元で想いを囁くのだったな。

……だが、何と言えば良いのだろうか？

こう言っては何だが、私はレディの扱いに関しては疎い所がある。

目の前の姫君に対して、気の利いた事が言えるだろうか。

とにかく、ここは正直に私の想いを告げるとしよう。

私は、神秘《レーツェル》の耳の後ろをコショコショと掻きながら、顔を近付け、そっと呟いた。

「……レーツェルよ、私の物になれ」

………………正直に言い過ぎた。

これではまるで、下僕になれと言っているようではないか。

……私は何を言っているのだ。

この一言で、嫌われてしまったのではないかと心配になり、神秘《レーツェル》の顔色を窺ったのだが、どうにも様子がおかしい。

先程、甲高く一声鳴いたかと思うと、ブルリと震えて、それから微動だにしない。

…………………ドクン！

ん？　一体どうしたというのだ？

不意に心臓が高鳴ったかと思うと、体中の魔力が昂ってくるのが分かる。

その上、神秘《レーツェル》が何を考えているのかが、何となく分かるようだ。

………これは、服従の意志？

漠然と流れてくる、神秘《レーツェル》の思考からは、私に従いたいという意志と、それに抗うような意志が感じられる。

どちらかというと、従いたいという意志の方が強いように感じられるのだが……これは一体どういう事だろうか。

神秘《レーツェル》程の存在が、誰かに従いたいと願うなど、考えられない。

だが、実際に神秘《レーツェル》からは、強い服従の意志が感じられる。

これは一体………はっ、まさか！……いや、そんな馬鹿な…………だかしかし、そう考えれば納得がいく!!

もしも……もしも神秘《レーツェル》に被虐趣味があるとすれば、今のこの状態も説明がつく。

『私の物になれ』と言った事で、相手の意志が分かる程に心を開いてくれたのだ、そうであったとしてもおかしくはない。

誰かに支配されたいと願いつつも、孤高の存在故に、他者のそれを受け入れられない。

きっと、そんな葛藤が、神秘《レーツェル》の中に渦巻いているに違いない。

フハハハハハ！

ならば、その想いを、このルドルフ＝ファーゼストが受け止めてやろう‼

……ふむ、確かこの後は、後ろから抱き締めるのだったな。

呆然とする神秘《レーツェル》に手を掛けて、勢いをつけてその背に跨がると、首に手を回しながらもう一度呟いた。

「もう一度言う、私の物になれ！」

すると神秘《レーツェル》は、今まで呆然としていたのが嘘のように我を取り戻して、暴れだした。

急な事に驚き、私も鬣を摑んで何とか踏ん張るが、振り落とされる程ではない。

やはり、神秘《レーツェル》は私に支配されたがっている。

もしも神秘《レーツェル》が本気であれば、私程度をどうにかするなど容易なはずで、こうして背に跨がっていられる事自体が、その証。

あと一歩。

あと一歩で、神秘《レーツェル》の想いを理解できる気がする。

何か無いか、何かこう、神秘《レーツェル》との心を繋ぐ決め手は無いか…………

『何度も名前を呼んだり……とかですかね？』

……はっ、そうだ。

あの侍従が言っていたではないか。

後ろから抱き締めたら、その後は名前を呼ばなければならないのだ。

くっ、何故私はその事を忘れていたのだ。

私はしがみつく手に力を込めながら叫んだ。

泉の畔で出逢った黒き姫君の名を。

私の心を奪った、月の女神の名を。

気高き、夜の化身の名を。

魔の領域が作り出した、一粒の宝石の名を。

ありったけの力を振り絞り、吼えるようにして叫ぶ。

「レーツェル!!」

……………ドクン！

その瞬間、心臓がもう一度高鳴り、体中の魔力が目まぐるしく回ったかと思うと、レーツェルとの間に、魔力で作られた確固たる絆が出来上がった。

先程以上に、レーツェルの思っている事が分かるようになり、私の意思に従順な事も分かる。

「ふふふ、良い子だ」

そう声を掛けると、どこか心安らいだ気持ちが伝わってくる。

どうやら、私の考えは間違っていなかったようである。

「今日からお前はレーツェル、私がお前の主だ」

馬とは、本来群れで生きる、臆病で寂しがり屋な生物だ。

それが、自身の存在の高さ故に、魔の領域で独り生きてきたに違いない。

きっと、心の何処かでは主を求めていたのであろう。

「ふふふ、そう怖がる事はない。じきに慣れる。……そう、じきにね」

誰かに支配されるというのは、慣れない環境なのであろう。

不安そうな気持ちが伝わってきたので、レーツェルの首を一撫でし、私はそのまま屋敷まで連れて帰る事にした。

こうして、レーツェルは我が家にやってきたのだった。


——そんな昔の事を思い出しながら、レーツェルと一緒に、ファーゼストに広がる荒れ地を駆け抜ける。

上下に揺れるレーツェルの体の動きに合わせ、走る邪魔にならないように、自身の体を上下させる。

名馬など比べ物にならない程の速度と持久力でもって走り続け、通り抜ける風が、火照った体に心地好い。

そうしてしばらく走り続けると、溜まった物も発散され、レーツェルも満足したようで、近くの水場で少し休憩を取る事にした。

レーツェルの背から降りて、水を飲ませようとするが、レーツェルは私に顔を擦り付けるばかりで、水を飲もうとしない。

ふふふ、どうやらバレているようだ。

私は、遠乗りに出る前に厨房に寄り、ありったけのニンジンを持って来ていたのだ。

その数、一〇本。

私が何も手を打たねば、それらは確実に夕飯の一品となっていた事であろう。

それらを、レーツェルに与えると、喜びの感情が伝わってくる。

昔から、レーツェルはニンジンが大好きなのである。

どれくらい好きかと言うと、レーツェルと一緒に食事を取っていると、私の分のニンジンまで奪っていくぐらい大好物だ。

…………決して他意は無い。

レーツェルは全てのニンジンを食べ尽くすと、ようやく水を飲み始める。

私は、レーツェルの首を撫でながら、空を見上げた。

…………ああ、今日も空が高い。

ファーゼストの悪魔がカップ焼きそばを作るようです。

「ふむ、次で最後か…………」

ベッドの上に寝転がりながら、今日も異世界の様子を覗き見る。

妾は、神々によって、このファーゼストの地に封印された、運命と因果を司る大悪魔。

封印は何百、何千年にも及び妾を弱体化させたが、契約者という現世での力を得た今、封印から解かれるのを、今か今かと待ち続ける日々を送っている。

「うむ？　このサイトには無いのか……」

封印の内側には、豪奢なベッドが一台あるのみ。

…………決して、ゴロゴロと寝転がっている訳ではない。

「うぬ？　こっちのサイトは変な言語に変換されておるの……」

当然ながら、悪魔は封印から出る事はできない。

…………決して、引き籠もっている訳ではない。

「やはり、こっちのサイトでは削除されているのじゃ……」

異世界を覗き見しているのも、情報収集のためだ。

……………決して、異世界のオタク文化にハマった訳ではない。

「ぬおぉぉぉぉ、何故じゃ！　何故、最終話だけが見られないのじゃぁぁぁぁぁ!?」

…………決して、異世界のオタク文化にハマった訳ではないと思う。

ふんだ、もういいのじゃ。

どうせ最終回は、二人のヒロインをどちらも選ぶ事が出来ずになぁなぁにして終わるのじゃ。

どっちを選んでも視聴者のバッシングを浴びるから、「後はご想像にお任せします」みたいな展開になるのじゃ、きっとそうなのじゃ！　そうに決まっているのじゃ!!

…………はぁ、仕方がない。今日はもうお気に入りの小説投稿サイトのランキングをチェックしたら寝るのじゃ。…………ん？　なんじゃこれは？

「神様印のカップ焼きそば？」

良く分からないリンクから飛ばされたサイトには、そう書かれていた。

「何々？……様々な世界に特製カップ焼きそばをお届け致します。お代は一〇〇ＭＰ………なぬ!?　カップ焼きそばが、たった一〇〇ＭＰぽっちの魔力で食べられるのか!?」

どうやら、異世界の神が運営している特殊なサイトに迷い込んだようだ。

サイトからは、神々特有の魔力を感じるので、間違いないだろう。

封印生活は酷く退屈なもので、生活空間にはベッド以外に何もない。

現世に影響を与えようにも、あの契約者を通すとなると碌でもない結果にしかならない為、普段は現世や異世界を覗き見て暇を潰しているのだが、このサイトに出会えた事は正に僥倖。

これでカップ焼きそばを実際に味わう事ができるのじゃ！

妾は迷う事なく一〇〇ＭＰを注ぎ込んだ。

すると、光が集まり始め、ラベルに『神』の一文字が印字された、白いどんぶり型のカップが現れた。


うぉぉぉぉ、きたきたキター――！

これで……これで妾もカップ焼きそばが食べられるのじゃ!!


いくら食事をする必要が無いとは言え、他人が食べているのを見る事しかできないのは苦痛でしようがなかった。

だが今は違う！

しかも、今回は夢にまで見た異世界のジャンクフード。


み、な、ぎ、っ、て、キタ――――！


……はっ、そうだ。これは、念願のアレができるのではないか？

某動画配信サイトの、天空のお城で大佐なあの人が三分間舞ってくれる、あのカップ麺動画で時間を許るという夢が叶うのじゃ!!

よし、今からやるのじゃ！　すぐにやるのじゃ！

妾は、目の前にあるカップ焼きそばの包装ラップを取ると、ベリベリと勢い良くフタを全部剝がした。

すると、中からは乾燥した麺の他に、小さな袋が三つ現れ、袋のみをカップから取り出す。
異世界のカップ麺は、非常に良く考えられており、何とお湯を注ぐだけという簡単な調理法で、手軽に食べる事ができるのである。

これなら、料理をした事が無い妾でも全く問題ない。

さて、早速お湯を注ぐとしようかの。

お湯♪お湯♪
ふふんふふんふんふーん♪
あびばのんのん♪
ふふんふふんふんふーん♪
あびばびばびば♪

……ん？　あれ??

…………………お湯が無いじゃと!?


封印の中には、コンロやポット、ましてや瞬間湯沸かし器などあるはずもない。

まずい、このままでは乾燥している麺をそのまま食べるしかない……


…………いや、待て、待つのじゃ、お湯なら魔術で出せる!!

セーフ、セ――――フなのじゃ!!


危なかったー。

たかがカップ焼きそばに、こんな罠が待っていようとは……

まったく、信じられない所に、落とし穴があったものじゃ。

妾は冷や汗を拭いながら、魔術を使いカップにお湯を注いでいく。

……成る程、カップの内側に線が引いてあり、『ここまでお湯を注いで下さい』という印になっている。

さて、つまらない罠で躓《つまず》きそうになった事じゃし、一度きちんと説明書きを見る事とするかの。
カップの側面には特に何も書いて無かったため、妾は剝がしたフタを良く見てみる事にした。

──①フタを点線の位置まで剝がす──

「……………………」

無言で、剝がされたフタを見る。
そして、口の開いたカップを見る。
もう一度フタの説明書きを見る……

──①フタを点線の位置まで剝がす──

「…………………嘘じゃろ?」

き、聞いてないのじゃ!
そんな事これっぽっちも聞いてないのじゃ!?
フタなんてしてあったら、普通、全部剝がすじゃろうが!

なんでこんな所に罠があるのじゃ、おかしいじゃろぉぉぉ!?

無いものは仕方がないのじゃ、このままおとなしく三分間舞うのじゃ。

少し時間は経ってしまったが、あの動画を見ていると心が弾むので、この際きっちり三分間舞って、気持ちを持ち直すのじゃ!!

「………ぐすん」

よしよし、このサイトじゃ。

ここをこうして……これをああして……

よし、再生なのじゃ!!

流れ始めた動画の動きに合わせ、きっちり三分間舞うと、程よく汗もかき、少しぐらいの事などどうでも良くなってきた。

たかがフタをしなかったぐらいで、味がそこまで変わるじゃろうか?

そもそも妾は、カップ焼きそばを食べるのは初めてじゃから、ちょっとした違いなんぞ、分かりはしないのじゃ!

それよりも、初めてのカップ焼きそばを沈んだ気持ちで食べる事の方が勿体ないのじゃ、うむ、そうなのじゃ!!

体を動かして気分転換も済んだ事だし、今度こそ見落としが無いかとフタの説明書きを見直してみる。

『湯切り一分』

……ん？　妾の見間違いか？

『湯切り一分』

「……なん、じゃと？」

妾は、一分で良い所をわざわざ三分間＋αも待っていたというのか!?

こ、これでは麺が伸び伸びのグチョグチョになってしまうではないか!?

急がねば！　とにかく急いでお湯を捨てるのじゃ!!

幸いな事に、カップの縁には穴の開いたフタの一部が残っており、そのままお湯を捨てても麺は流れない仕組みになっている。

適当にお湯を捨てても、麺はこぼれないという親切設計。

これなら、いくらなんでも問題なくお湯が捨てられるのじゃ!!

…………どこに？

封印の中を見渡す。

・地面
・ベッド
……以上。

念のため、もう一度封印の中を見渡す。

・地面
・ベッド
……以上。

選択肢その一『地面に捨てる』…………ダメじゃ、そこからカビが生えてくる。
選択肢その二『ベッドの上に捨てる』…………論外。

――詰んだ。
まさかの心折設計である。
カップ焼きそばを食べるだけで、何故こんなにも多くの試練を乗り越えなければならないのか。

神様印のカップ焼きそばだけに、神々が妾に与えた試練だというのか!?

とにかく、早くお湯を捨てなければ、どんどんと麺が伸びていく。

かといってお湯を捨てる事は出来ない。

どうする……

どうすればいいのじゃ…………

熱々の熱湯が注がれたカップを見つめながら頭を捻るが、いい案は浮かんでこない。

絶望の眼差しをカップ焼きそばに向ける最中《さなか》、妾の口からふと言葉が漏れる。


「………………飲むか」


はっ、今、妾は一体何を考えていたのじゃ。

いやいやいやいやいや、おかしいじゃろ、なみなみと注がれたこの熱湯を飲むなんぞ、どこのお笑い番組じゃや。

飲むなよ、絶対飲むなよ! とでも言うつもりか!?

……だが、時間は残酷にも刻一刻と過ぎていく。

それにつれ、麺は水分を吸い、嵩を増してゆく。

——ごくり。

捨てる事が出来ない以上、飲むしか方法は無さそうじゃ……

このまま見ていても、麺はどんどん伸びていく。
それならば、早い内に覚悟を決めて飲んでしまった方がいいのではないか？
ええい、やってやるのじゃ！
カップ焼きそばを諦められない以上、こうなったら仕方がない!!
覚悟は決まった。
カップを両手で持ち、湯切り口に口を付ける。
ええい、ままよ！
そして、そのままカップを一気に傾ける。

「熱ッ、熱ッ！　アツゥゥイ!!」
——舌を火傷した。

こんな物、一気に飲めるかぁぁぁ!!
妾はバカか？
何故、何も考えずに一気に飲もうとしたのじゃ、少しずつ飲めばいいじゃろうが!?
……いやしかし、少しずつ飲んでいては麺が伸びてしまう。
むむむ、どうすればいいのか…………
とりあえず、『耐火《レジストファイア》』の魔術でも使ってみるか。

妾は急いで魔術を使うと、もう一度両手で持ってみる。

おっ、熱さをほとんど感じない。

これなら何事もなく湯切りができそうじゃ。

湯切り口に口を押し当て、もう一度カップを傾ける。

すると、口の中を、何とも言えないお湯の風味が抜けていく。


……不味い。


粉っぽい口当たりの後に、微妙な小麦粉の風味が通り抜ける。

妾は、何故一人でこんな罰ゲームを受けているのだろうか。

何が悲しくて、こんな目に遭っているのか。

美味しいカップ焼きそばを、美味しく頂くだけのボーナスイベントではなかったのか？

そんなどうしようもない事を考えながら、湯切りを済ませる。

「げぷぅぅ」

麺がお湯を吸っていたおかげで、通常よりも少ない量を飲めば良かったのは、幸いじゃった。

……とにかく苦行は終わった。

あとはソースを麺に絡《から》めて食べるだけである。

妾は液体ソースの入った小袋を手に取り、ニヤリと笑う。

「…………ふふふ、もう騙されぬぞ！」

ここまでくれば、流石に妾にも分かる。

これは、先にソースをかけてしまい、後から「しまった！」となるパターンじゃ。

ふふん。こんな物、少し気を付けておれば回避なんぞ、よゆーなのじゃ。

良く見ると、袋には『粉末ソース』を先にかけ、後から『液体ソース』をかけるようにとの指示が書いてあった。

「ほうれ、やっぱりそうじゃ。ここまで試練を乗り越えた妾に死角は無い‼」

そして、更に注意深い妾は、万全の態勢を整えるべく、きちんと三つ目の袋にも目を通す。


『かやく』

……ふぁ？


「何故じゃ、何故このタイミングでお前が出てくるのじゃぁぁぁ！」

『かやく』と書かれた小袋の中に入っていたのは、乾燥したキャベツ。

本来、乾麺を湯で戻す時に一緒に入れなければならない物だ。

「ぬぉぉぉぉぉ！　貴様なんぞ、こうしてくれる！　こうしてくれるわぁぁぁ‼」

そう言って、袋の中の乾燥キャベツを口の中に放り込んで、バリバリと噛み砕く。

キャベツの自然な甘さが口の中に広がる。

「地味に美味しいのが、余計に腹立つのじゃぁぁぁぁぁぁぁ」

はぁはぁはぁ、もういいのじゃ。

キャベツの事は忘れて、本命のカップ焼きそばを食べるのじゃ。

後は、二つのソースを絡めて美味しく食べるだけなのじゃ。

妾はもう十分に頑張ったのじゃ。

だから、もうゴールしてもいいはずなのじゃ。


粉末ソースを麺にかけ、その後に液体ソースをかけていく。

瞬間、ほかほかと立ち上る湯気と一緒に、食欲をそそるソースの匂いが漂い出す。


おほー！

これじゃこれじゃ、妾はこれを待っていたのじゃ！

数々の苦難を乗り越えてきた甲斐があったというものじゃ。

「あぁー、もう辛抱たまらんのじゃ！　いっただっきま――――す!!」

ここまで待たされただけあって、妾の期待は最高潮。

飛びかからん勢いで、カップを抱え込み、そのままソースを混ぜ絡め、カップ焼きそばを食べ始めた。

――手摑みで。

「のじゃぁぁぁぁぁぁぁぁぁ!!」

ファーゼストは今日も平和である――

あとがき

この度は『悪徳領主ルドルフの華麗なる日常』をお手にとって頂き、ありがとうございます。

日々のストレスをぶつける『何か』を欲して、当時読みふけっていた小説投稿サイトに、自分も妄想を書き連ねるようになって約一年半。

何の縁があってか、こうして書籍として書店に並ぶ事になりました。

書籍になる前から応援下さっている皆様には、本当に感謝の気持ちで一杯です。

元々、始めの六話ぐらいまでしか書くつもりがなかったのが、こうして今でも続きを書き続けていられるのは、偏に皆様からの応援があったからに他なりません。

顔も名前も知らない『誰か』からの「面白かった」という感想に、どれだけ勇気づけられた事でしょうか。

以前より応援下さっている皆様、こうして書籍版をお手に取って下さった皆様、本当にありがとうございます。

また、この作品を書籍にしようと声を上げて下さった編集部のF様、出版に関して右も左も分からない私に、初歩的な事を一から教えるのは大変だったかと思いますが、なんとか期待に添える作品になったのではないかと思っています。ありがとうございました。

誰にも話した事はなかったのですが、実は私、中学生の時に「小説家になれたらいいな～」と漠然と思っていた時期があったのですが、まさか本当に、小説家の端くれを名乗る事になるとは思ってもいませんでした。

こうして著書が出版されると決まった時、夕食の席で家族にその事を伝えたのですが、その時の両親の顔は今でも忘れられません。

バラエティ番組でよくやっている『ドッキリ』の仕掛けを受けている人その物で、二人して目が点になっていたのです。

両親のあんな顔を見る事が出来たのも、皆様のおかげです。

（その日の夕飯は、特別美味かった！）

……いえ、捻くれている自覚はあるんですよ？

ズレた感性しているとか、変わった人だとか良く言われますし、そういった部分が作品にも良く表れているとも思います。

何か、昔からイタズラするのって、大好きなんですよね。誰かをびっくりさせたりとか、人の思惑とは違った事をする事が。

社会人を何年も経験して、自身のそういった部分を、大分客観視する事が出来るようになったと思うのですが、『悪徳領主ルドルフの華麗なる日常』には、良い意味で影響があったと思っています。

編集部のＦ様にも『変な作品（褒め言葉）』って言われちゃうくらいですから（笑）。

そうそう、編集部のＦ様と言えば、あれには本当に驚かされました。

二回目に電話をした時だったと思いますが、まだ一文字たりとも作業に取り掛かっていなかったにも拘わらず「企画会議は通しておきました」とのお言葉。

聞けば、上司にごり押しして通したって言うではありませんか。

出版業界の事はほとんど分かりませんが、本当にありがとうございました。

そして何より、Ｆ様には素敵なイラストレーターをご紹介頂きました。

私の作品が書籍になって何が一番嬉しかったかって、キャラクターがイラストになった事ですね。

私自身は全く絵が描けないので、「誰か御柱たんの絵を描いてくれないかな～」と思っていたのですが、こんなにエロ可愛くなるなんて……

ルドルフも『悪の貴公子』って感じでカッコ良いですし、初めてラフ絵を頂いた時は、嬉しさのあまり、実際に小躍りして喜びを表したぐらいです。

さかもと侑さん、素敵なイラストを描いて下さり、本当にありがとうございます。

最後に、この書籍をご購入下さった皆様、心から感謝を申し上げます。

皆様に、支払った代金に見合った『笑い』が届いたなら、それは作者として何より嬉しい事です。

もし、そうでなかったとしてもご安心下さい。

支払った代金は、御柱様へのお布施として届いておりますので、きっと女神様による祝福があることでしょう。

この作品を手に取った貴方が、「ふふふっ」と笑って、明日への元気の糧にしてもらえたなら幸いです。

それでは、またどこかで――

ありがとうございました。
さかもと侑

その者。のちに・・・
Sonomono Nochini
08
ナハアト
イラスト 三弥カズトモ
ついに念願かなって
ワズとハーレムメンバーは
新婚旅行に。
しかし行く先々で
騒動が勃発!?

今春発売予定！
急展開を
見せる
新章突入!!
EARTH STAR COMICS

EARTH STAR
NOVEL

悪徳領主ルドルフの華麗なる日常

発行 ―――― 2018年1月16日　初版第1刷発行

著者 ―――― 増田匠見

イラストレーター ―――― さかもと侑

装丁デザイン ―――― 舘山一大

発行者 ―――― 幕内和博

編集 ―――― 古里 学

発行所 ―――― 株式会社 アース・スター エンターテイメント
〒107-0052　東京都港区赤坂 2-14-5
Daiwa 赤坂ビル 5F
TEL：03-5561-7630
FAX：03-5561-7632
http://www.es-novel.jp/

発売所 ―――― 株式会社 泰文堂
〒108-0075　東京都港区港南 2-16-8
ストーリア品川
TEL：03-6712-0333

印刷・製本 ―――― 中央精版印刷株式会社

ISBN 978-4-8030-1150-0